I0597849

PROTEGGERE ALABAMA

Armi & Amori, Book 2

SUSAN STOKER

CAPITOLO UNO

A DUE ANNI

"Uscire! Voglio uscire!"

"Stai zitta, stupida troia. Ti farò uscire quando chiuderai la bocca e non un istante prima! Hai sentito, mocciosa?"

Alabama Ford Smith non fece altro che piangere ancora più forte. Non capiva perché la mamma non voleva farla uscire dallo sgabuzzino. Aveva fame e paura in quella stanzetta buia.

"Maaaaaammaaaaaa."

Alabama tacque e premette l'orecchio contro la porta, ma non sentì nulla. La mamma era ancora lì? Alabama cercò di raggiungere la maniglia, ma le sue piccole dita da bambina di due anni non riuscirono ad afferrarla. E poi, la maniglia non girava; la porta era chiusa a chiave.

Dopo un'ora di pianti e grida, Alabama si sdraiò sul

pavimento in mezzo alle scarpe, alle scatole e ai cappelli e ai guanti che puzzavano di vecchio. Tirò su col naso. La mamma aveva detto sul serio. Alabama non sarebbe potuta uscire dalla stanzetta fino a quando non avrebbe chiuso la bocca. Non sapeva cosa fosse una troia, ma sicuramente si trattava di una bambina cattiva come lei. Si sarebbe impegnata di più per far contenta la mamma.

A sei anni

"Alabama Ford, quante volte devo dirti di chiudere quella boccaccia? Troppe, ecco quante. Se sento ancora una parola, te ne farò pentire."

"Ma mamma..."

"Porca miseria, ti avevo avvisata..."

Alabama sentì la mano di sua madre colpirla al viso un attimo prima di prendere il volo lungo i tre gradini che portavano dalla cucina al salotto. Guardò la mamma avvicinarsi a lei con uno sguardo terribile. Non riuscì a schivare del tutto il calcio mirato alla sua testa. Il piede rimbalzò e Alabama vide che il suo gesto aveva solo fatto infuriare di più la mamma. Il colpo successivo fu sferrato con lo stesso piede, al suo fianco. Alabama si raggomitolò più che poteva e cercò di proteggere la testa. Sapeva di non essere molto intelligente, ma si disse che, se voleva avere una minima possibilità di essere in grado di camminare il mattino dopo, doveva proteggere anche le ginocchia. La mamma adorava prenderla a calci lì e poi ridere mentre lei cercava di zoppicare per casa.

"Stupida cagna puttana. Perché devi essere così cretina? Ti avevo *detto* di stare zitta. Ti insegnerò io a parlare quando non devi. Non. Parlare. Più. Se. Non. Te. Lo. Dico. Io."

La mamma sputacchiava mentre pronunciava le parole una alla volta, accompagnando ciascuna di esse con un calcio. Alla fine, Alabama capì. Nonostante avesse solo sei anni, sapeva che la mamma faceva sul serio. La mamma non parlava mai a vanvera. Quello fu l'anno in cui Alabama smise di parlare, a meno che qualcuno non le rivolgesse una domanda diretta.

A undici anni

"Alabama, vuoi parlare con questo bravo poliziotto?"

Alabama sollevò lo sguardo sull'agente dall'aria severa. Era alto e muscoloso e sembrava molto forte. Lei tirò un po' su col naso e cercò di essere coraggiosa. Quella mattina, la mamma l'aveva colpita con la padella che teneva in mano. Alabama sapeva che la colpa era sua. Aveva commesso l'errore di chiedere alla mamma quando sarebbe tornata a casa, più tardi. *Sapeva* di non doverlo fare. Quante volte la mamma le aveva detto di non rivolgerle mai la parola? Troppe. Eppure, Alabama glielo aveva chiesto lo stesso. Sapeva che la mamma aveva mirato alla testa, ma lei si era voltata all'ultimo momento e la padella l'aveva colpita invece al braccio.

Nel corso del giorno, esso aveva assunto un brutto colorito viola. Ovviamente, un'insegnante se n'era accorta e aveva insistito per accompagnarla nell'ufficio della preside.

La preside era una persona abbastanza gentile, ma non aveva idea di come fosse la mamma. Nessuno ce l'aveva. Alabama stava cominciando a pensare che la mamma fosse pazza. Non era un bel pensiero da fare sulla propria madre, ma non le veniva in mente nient'altro. Dopo aver convissuto con lei per undici anni, Alabama si era finalmente resa conto che le altre bambine non dovevano temere che le loro mamme le picchiassero se parlavano ad alta voce in casa. Non dovevano temere di essere colpite alla testa con una padella se anche solo tossivano troppo forte.

Alabama si disse che quella era la sua occasione. Magari, l'agente l'avrebbe protetta. I poliziotti dovevano proteggere la gente. Gli raccontò tutto. Che la mamma la chiudeva nello sgabuzzino quando usciva. Che non le era permesso parlare in casa. Che la mamma la picchiava sempre, con qualunque cosa avesse a portata di mano. Alabama aprì il cuore al poliziotto nella speranza che lui la portasse via e la desse a una bella famiglia, con una buona mamma. Quando l'uomo s'inginocchiò di fronte a lei, le prese le mani e le sorrise, Alabama capì che finalmente avrebbe potuto rilassarsi. Quell'uomo l'avrebbe aiutata. L'avrebbe protetta.

. . .

A dodici anni

Alabama ascoltò il borbottare delle persone che la circondavano. Era sdraiata sul lettino, con gli occhi chiusi. Ripensò a quel giorno a scuola, circa un anno prima. Aveva la sensazione di essere invecchiata di dieci anni. A dodici, era troppo giovane per affrontare cose del genere.

"Avete sentito quello che è successo? È stata sua madre a ridurla così."

"Davvero? Cazzo. Pensi che lo avesse già fatto?"

"Direi proprio di sì. Guardala, Betty. Nessuno fa questo la prima volta. Scommetto che picchiava la bambina da anni. Non può tornare indietro. Tu lo sai e io lo so. Perdiana, persino sua madre lo sa. Credo che sia per questo che lo ha fatto."

Poi, calò il silenzio. Alabama non riusciva a riaddormentarsi, nonostante volesse farlo con tutto il cuore. Avrebbe voluto non essere più lì. L'anno prima, si era fidata del poliziotto. Lui aveva detto che sarebbe andato tutto bene. Aveva detto che Alabama non avrebbe più dovuto preoccuparsi di sua madre. Aveva mentito. Sette giorni dopo che lei aveva detto tutto al poliziotto, era tornata a casa. Alla mamma non era piaciuto che lei avesse parlato. A quanto pareva, aveva avuto dei colloqui con la polizia e coi servizi sociali, che avevano fatto dei controlli per assicurarsi che la mamma fosse una buona mamma. Alabama sapeva che la mamma era in grado di essere gentile, quando voleva. A quanto pareva, aveva convinto tutti che sua figlia fosse la tipica quasi-adolescente che attraversava una fase di ribellione. La mamma aveva detto a tutti che lei si era colpita da sola con la padella, per attirare l'attenzione. Per cui, Alabama era stata rimandata indietro.

Dopo quel momento, la situazione a casa era peggiorata. Alabama aveva imparato a non dire mai una parola. Teneva la bocca chiusa. La mamma faceva paura. Alabama aveva imparato che doveva proteggersi da sola. Nessuno lo avrebbe fatto per lei.

Quella sera, la mamma aveva finalmente perso la testa. Alabama era in camera sua con la porta chiusa quando lei era tornata a casa dal bar. La mamma aveva fatto irruzione nella sua stanza e aveva cominciato a urlarle contro. Aveva gridato delle cose terribili. Le aveva detto che era un errore – che non avrebbe mai dovuto essere nata, che nessuno la voleva. La mamma aveva gridato che le aveva persino dato il nome più stupido che le era venuto in mente. Che Alabama aveva preso il nome dallo Stato in cui la mamma era rimasta incinta e che lei le aveva addirittura dato come secondo nome quello della stupida macchina in cui era stata concepita. Alabama, fino a quel momento, non aveva mai saputo che il vero cognome della mamma non era Smith. La mamma se lo era inventata perché non voleva che la sua bambina portasse il *suo* cognome.

Alabama ricordava che la mamma era uscita dalla stanza ed era tornata poco dopo con la temuta padella. Solo quando si era risvegliata in ambulanza si era resa conto che, stando a quanto dicevano i soccorritori, la mamma le aveva rotto la mascella. Beh, a dire il vero le aveva rotto la maggior parte della faccia: il naso, uno zigomo... Alabama aveva persino un'orbita oculare incrinata.

Sdraiata nel letto dell'ospedale con la mascella bloccata, Alabama aveva fatto una promessa a se stessa dodicenne. Qualunque cosa fosse accaduta in futuro, non si sarebbe mai affidata alla protezione di nessuno. Se la mamma non la voleva, se la polizia non poteva o non voleva proteggerla... chi lo avrebbe mai fatto? Lei non era nessuno. Aveva un cognome inventato e un nome basato su quello dello Stato in cui sua madre aveva fatto sesso.

A sedici anni

La sedicenne Alabama percorreva a capo chino il corridoio della scuola superiore, stringendo a sé i libri. Un altro compleanno era passato senza che nessuno lo sapesse. Nessuno le aveva detto "buon compleanno," nessuno le aveva fatto dei regali. A scuola, era quella "strana." Non parlava mai con nessuno. Teneva la testa bassa e non creava guai. Prendeva sempre il massimo dei voti nelle prove scritte e adorava l'inglese, ma in classe si rifiutava di rispondere alle domande. Alabama non parlava mai coi suoi compagni di classe. Andava a scuola tutti i giorni, si faceva gli affari suoi e si teneva sulle sue. Non creava mai guai a scuola o in casa della famiglia a cui era stata affidata.

La madre affidataria di Alabama cercava di coinvolgerla, nel tentativo di spingerla ad aprirsi, ma senza risultati. Lei aveva imparato la lezione. Parlava solo quando le veniva rivolta la parola e solo quando era assolutamente necessario. Aveva trovato lavoro alla biblioteca locale, dove riempiva gli scaffali. Metteva da parte i soldi per il giorno in cui avrebbe compiuto diciott'anni e sarebbe andata a vivere da sola. Non si sarebbe mai più affidata a nessuno. Era sola al mondo.

CAPITOLO DUE

CHRISTOPHER "ABE" Powers passò lo sguardo sulla stanza e sospirò. Era ora di rompere con Adelaide. Dopo averla frequentata per tre mesi, Abe si era reso conto che non gli piaceva nemmeno tanto. Probabilmente, era rimasto con Adelaide così a lungo perché lei era brava a letto e lui era pigro. Andare a caccia di donne, ormai, gli veniva a noia. Era solo un gioco. Abe sapeva di essere attraente. Non era un presuntuoso, ma aveva avuto parecchie donne nel corso degli anni... troppe, a onor del vero.

Abe era un Navy SEAL. Era abituato al fatto che le donne, quando sentivano quel termine, implorassero praticamente di andare a casa con lui. Aveva visto il suo amico Matthew, noto anche come Wolf, sistemarsi con l'amore della sua vita. Caroline era diversa da quasi tutte le donne che Abe avesse mai conosciuto. Era bella e intelligente, anche se non si considerava tale, e più forte di quanto lui avrebbe immaginato. Inoltre, detestava Adelaide. Probabilmente, Abe avrebbe dovuto dar retta a Caroline quando lei aveva cercato di dirgli che Adelaide non era alla sua altezza, ma Abe, all'epoca, amava troppo quello che Adelaide sapeva fare con la lingua per troncare la relazione.

Incredibilmente, Abe aveva conosciuto Caroline su un aereo. A dire il vero, lei gli aveva salvato la vita, insieme con quella degli altri passeggeri. Se non fosse stato per le sue conoscenze di chimico, sarebbero rimasti tutti sedati e i terroristi avrebbero ucciso tutti i passeggeri dell'aereo per i loro scopi. Caroline e Wolf avevano passato l'inferno, ma ne erano usciti benissimo.

Abe pensò a Wolf e Ice. Non avevano avuto vita facile, quello era certo. Sopravvivere al dirottamento terroristico era stata solo la punta dell'iceberg. La squadra di SEAL era appena tornata da una missione quando aveva saputo che Caroline era stata presa in custodia dai federali dopo un attentato alla sua vita. La squadra si era unita alla scorta della donna, ma i terroristi l'avevano trovata un'altra volta. Avevano preso Caroline prigioniera e l'avevano picchiata e torturata nel tentativo di scoprire come avesse fatto a dedurre il complotto dei terroristi sull'aereo. La squadra aveva dovuto salvarla dall'oceano dopo che i terroristi l'avevano gettata fuori bordo con dei pesi legati alle caviglie.

La squadra era rimasta profondamente colpita dalla consapevolezza di quanto Wolf amasse Caroline e dal senso di impotenza che avevano provato tutti nel guardarla torturata e picchiata.

Sebbene Abe volesse una relazione come quella di Caroline e Wolf, di sicuro non voleva che la sua donna dovesse passare l'inferno che aveva vissuto Caroline. Abe non pensava che sarebbe riuscito a sopportarlo. Detestava vedere donne e bambini soffrire; essi avrebbero dovuto essere protetti con ogni mezzo necessario.

Probabilmente, era quello il motivo per cui lui era un SEAL. Abe aveva deciso di arruolarsi per servire il suo Paese, ma solo al momento dell'addestramento di base, quando aveva visto i SEAL che si esercitavano, aveva deciso di voler essere uno dei migliori fra i migliori.

La squadra di Abe era *davvero* una delle migliori. Avevano partecipato a innumerevoli missioni, le quali, pur non essendo divertenti, erano certamente necessarie.

Abe aveva conosciuto Adelaide all'*Aces Bar and Grill*, il loro consueto luogo di ritrovo, una sera dopo una missione.

Lui, Wolf, Mozart e gli altri ragazzi erano ubriachi marci. Probabilmente, in parte, perché i suoi amici erano con lui, Abe aveva accettato la proposta di Adelaide ed era andato a casa con lei. Si era rifiutato di portare anche la sua amica. Ad alcuni degli altri ragazzi piacevano quel genere di cose, ma Abe era un tipo da una donna alla volta. Lo era sempre stato e lo sarebbe stato sempre. Sapeva che, in parte, il motivo era suo padre, ma non ci pensava mai troppo.

Abe e Adelaide aveva trascorso la maggior parte della serata a letto. Lei era stata disposta a provare quasi tutto all'epoca, ed era proprio quello che lui stava cercando. Aveva bisogno di sfogarsi e fare sesso, molto sesso, era un modo fantastico per ottenere tale risultato.

Ma ora, cominciava a rendersi conto che Adelaide era una vera donnaccia. Detestava paragonare tutte le donne che incontrava a Caroline, ma non riusciva a trattenersi. Se ne stava lì ad ascoltare Adelaide che spettegolava con le sue colleghe e avrebbe voluto essere in qualunque altro luogo. Come aveva fatto a cadere così in basso? Non era proprio da lui.

"Ci credi che ha portato *quella cosa*?"

"Lo so. È ridicolo!"

"Mi sa che non sa proprio cucinare. Ma insomma, poteva almeno comprare qualcosa."

Abe sospirò rumorosamente. Merda. Cosa importava ad Adelaide e alle sue malefiche colleghe se qualcuno, a quanto pareva, aveva portato una ciotola piena di verdure invece di cucinare o portare qualcosa di comprato al *pot luck*[1]? Cristo. Non avevano di meglio da fare?

"Adelaide, vado a prendere qualcosa da mangiare. Tu vuoi qualcosa?" Abe poteva anche essere pronto a scaricarla, ma nel frattempo aveva intenzione di trattarla come si doveva. Lui era fatto così. Non le avrebbe mai mancato di rispetto rompendo con lei di fronte alle sue amiche e colleghe, ma avrebbe rotto con lei... e presto.

"No, grazie, tesoro. Lo sai che sto tenendo d'occhio il mio peso." Adelaide gli si strinse addosso, assicurandosi di sfregare un seno contro il suo braccio. "Ti farò vedere più tardi quello che *voglio*. Sbrigati a tornare; ti aspetto."

Abe si liberò dalla sua presa e riuscì a sfuggire senza dover sopportare un bacio. Lanciò un'occhiata disgustata al rossetto con cui la donna si era coperta la bocca quella sera. Non sapeva che sapore orribile aveva quella roba? Per non parlare del fatto che lui detestava avere tutte le labbra sporche quando Adelaide lo baciava. Aveva il sospetto che lo facesse di proposito, come per rivendicare il suo possesso. Sbuffò. Avrebbe dovuto essere *lui* l'elemento dominante della relazione, ma Adelaide portava il termine a un nuovo livello. Più ci pensava e più si rendeva conto che a lei non interessava tanto lui come persona: avrebbe potuto essere chiunque. Ad Adelaide importava solo che Abe fosse un SEAL e che fosse di bell'aspetto. Sì, era proprio ora di darci un taglio.

Abe si recò al tavolo dei rinfreschi, che era stracolmo. L'azienda per cui lavorava Adelaide stava tenendo il banchetto annuale con cui ringraziava i dipendenti per il buon lavoro svolto nell'ultimo anno. La Wolfe Family Realty era l'agenzia immobiliare più importante nella piccola città di Riverton e Adelaide era uno dei loro agenti migliori. Abe pensava che

Adelaide avesse diritto a un po' di orgoglio, in fondo, ma ciò non gli bastava per fargli venire voglia di stare con lei.

La Wolfe Family era sul mercato immobiliare da anni. Cercavano di mantenere l'unità nelle loro fila, ma era palese che si trattava più di un desiderio che di una realtà. Abe aveva vissuto a lungo a Riverton, ma non conosceva la maggior parte delle persone presenti all'evento.

Si accodò alla breve fila di persone che attendevano di raggiungere il cibo dall'aria deliziosa. Fece un passo indietro per evitare di essere travolto da un uomo che non guardava dove camminava e calpestò il piede della persona in fila alle sue spalle.

Voltandosi, Abe si scusò. "Mi dispiace molto. Va tutto bene?"

Quando ebbe modo di dare una bella occhiata alla donna che aveva calpestato, si dimenticò quello che stava dicendo.

Quella donna era splendida. Abe non credeva che avesse nemmeno provato a farsi bella per l'occasione, e questo la faceva risaltare ancora di più. Gli arrivava più o meno al mento e aveva capelli castani lunghi fino alle spalle, tenuti lontani dal viso da un cerchietto, ma alcune sottili ciocche erano sfuggite all'ampio accessorio di cuoio per incorniciare il viso. Abe pensò che la donna sembrava truccata leggermente − soprattutto attorno agli occhi, mentre le sue labbra luccicavano per quello che pareva un lucidalabbra. L'assenza di rossetto era molto positiva per lui, soprattutto considerato il vizio di Adelaide di strafare in tal senso.

Abe continuò a osservare la donna affascinante alle sue spalle. Lei indossava un paio di jeans e una maglia con le maniche un po' a balze. La maglia era scollata, ma non al punto da essere provocante; era sexy perché lasciava molto all'immaginazione. Abe riusciva a vedere solo un accenno delle curve della donna. Costei indossava un paio di infradito con dei fiori sulla fascia e aveva le unghie dei piedi dipinte di rosa pallido. Tutto, in lei, attirava completamente l'attenzione di Abe.

All'improvviso, lui si rese conto di averle fatto una domanda, ma che lei non aveva risposto. Cercò di guardarla negli occhi, ma la donna stava osservando il pavimento. Notò un vago rossore sulle sue guance. Dio, era arrossita? Quand'era stata l'ultima volta in cui lui aveva visto una donna arrossire? Il maschio alfa dentro di lui rizzò le orecchie e ne prese atto. La donna era palesemente timida e questo la rendeva ancora più affascinante.

Abe si ripeté mentre avanzavano lungo la fila. "Mi dispiace tanto. Ti ho fatto male con questi piedoni?" Con la forza di volontà, le ordinò di guardarlo.

La donna affascinante si limitò a scuotere la testa e rifiutò di sollevare lo sguardo.

"Ehi, se non mi guardi, mi verrà da pensare che stai mentendo per proteggere i miei sentimenti," scherzò Abe, sperando che avrebbe avuto modo di vedere il colore dei suoi occhi.

"Va tutto bene," disse lei, con voce tanto bassa che lui quasi non sentì.

La donna aveva una voce roca, come se non la usasse da molto, e il tono basso la rendeva ancora più sexy. Il suono attraversò Abe e si stabilì nel suo cuore. Incredibilmente, sentì i peli delle sue braccia rizzarsi. Wow.

Abe si ingobbì e cercò di guardarla negli occhi. Le sollevò leggermente il mento, come per dire "guardami." Si voltò e vide che la fila era avanzata e che toccava a lui cominciare a muoversi lungo il tavolo del buffet. Afferrò un piatto e, voltatosi verso la donna del mistero, glielo porse. Riuscì finalmente a vedere i suoi occhi quando lei sollevò lo sguardo confuso. Gli occhi della donna erano di un grigio pallido con striature azzurre. Probabilmente, sotto una luce diversa, sarebbero sembrati più azzurri che grigi. Per rispondere alla sua tacita domanda, Abe le disse, agitando il piatto: "Tieni."

La guardò prendere timidamente il piatto, come se lui le avesse offerto una bomba invece che una semplice stoviglia. Abe prese un piatto anche per sé e cercò di conversare con la donna mentre percorreva il tavolo.

"Che c'è di buono? Cosa hai portato tu?" Quando lei non rispose, ma si concentrò invece sul servirsi da sola, Abe cercò di scherzare con lei. "Fammi indovinare. Il tuo piatto è... Mmm, i panini fatti in casa? No? Che mi dici di quell'insalata di maccheroni? Ah, ho capito... la triste scodella di verdure."

Si rese conto di quello che aveva detto più o meno

nello stesso istante in cui la donna si morse il labbro e distolse costernata lo sguardo dal tavolo. Merda.

"Cazzo, mi dispiace. Era solo una battuta."

Quando la donna non disse nulla, limitandosi a fare spallucce e mantenendo l'espressione di una che avrebbe voluto essere ovunque, tranne che accanto a lui, Abe cercò disperatamente di fare un passo indietro.

"Davvero, mi dispiace. Sono stato incredibilmente maleducato. Cristo. Penserai che sia uno stronzo. Io adoro le verdure."

Quando la donna continuò a non dire nulla, Abe spostò il piatto nell'altra mano, le afferrò delicatamente il gomito con quella ora libera e la allontanò. Si erano entrambi riempiti i piatti ed erano arrivati in fondo al tavolo. "Guardami."

Di fronte al tono di comando nella voce di Abe, la donna sollevò finalmente lo sguardo.

Abe soppresse la sua sensazione di trionfo di fronte alla reazione al suo ordine. Dio, non era il momento perché il suo lato alfa uscisse allo scoperto, ma nel profondo di sé si crogiolava nel fatto che la donna avesse reagito alle sue parole.

"Mi dispiace. D'accordo?"

"D'accordo," disse nuovamente la donna a voce bassa, annuendo al tempo stesso per rafforzare la sua risposta.

Adorando il suono della sua voce, anche se l'aveva sentita dire soltanto poche parole, Abe disse con fermezza: "Senti, almeno tu hai portato qualcosa. Io sto mangiando a sbafo. Se non altro, *tu* hai contribuito." Il sorriso esitante che si allargò sul viso della donna valeva l'imbarazzo che Abe aveva provato per il passo falso.

"Io non so cucinare. Credimi, è meglio che abbia portato delle verdure anziché cercare di preparare qualcosa," ammise timidamente la donna, parlando ancora una volta a voce molto bassa.

In qualche modo, sapere che stava parlando con lui era una vittoria, ma non sapendo esattamente perché, Abe le rivolse un gran sorriso.

Continuando a tenere il piatto in mano, Abe tese l'altra e disse: "Mi chiamo Christopher. Gli amici mi chiamano Abe, ma tu puoi chiamarmi Christopher."

"Alabama." La donna rispose in tono cortese, ma non prese la mano di Abe per stringerla e non gli fece domande riguardo al suo nome, né al soprannome. Alabama stringeva il piatto con entrambe le mani, come se esso fosse la sua ancora di salvezza. Ma la cosa non turbò Abe. Cercando di portare avanti la conversazione, lui si limitò ad annuire e disse: "È molto piacevole conoscerti, Alabama. Anche tu lavori qui?" Sotto lo sguardo di Abe, il volto della donna perse ogni animazione e il suo sguardo si allontanò di colpo dal suo, come se stesse cercando qualcosa per distrarsi. I denti di Alabama uscirono a mordicchiare il labbro inferiore. Abe sapeva che sarebbe fuggita prima ancora che lei aprisse bocca.

"Devo andare."

Alabama non si scusò nemmeno, né cercò di cambiare argomento. Fuggì letteralmente da lui.

Abe la guardò allontanarsi. Non aveva idea del perché, ma sapeva di volerla conoscere più di quanto avesse voluto qualcosa negli ultimi tempi. C'era qualcosa, in lei, che faceva emergere prepotentemente tutto il suo istinto di protezione. C'era una storia sotto, e lui voleva conoscerla. Abe voleva sapere tutto di Alabama.

CAPITOLO TRE

ALABAMA SUSSULTÒ mentre scappava via dal tipo più figo che avesse mai visto. Se avesse avuto le mani libere e avesse potuto picchiarsi sulla fronte, lo avrebbe fatto. Dio. Era davvero cretina. Seriamente. Non credeva di essere mai stata più mortificata in vita sua. D'accordo, *sapeva* di non essere mai stata più imbarazzata in vita sua. Probabilmente perché aveva sempre evitato le persone e non aveva mai cercato di attaccare bottone con loro.

Christopher. *Christopher.* Non Chris, ma Christopher. Persino il suo nome era figo. Alabama non sapeva quale fosse il suo cognome, ma era sicura che fosse altrettanto spettacolare. Non le piaceva per nulla il suono di "Abe". L'uomo non aveva l'aspetto di un "Abe" – anche se i suoi amici lo chiamavano così, Alabama sapeva che non lo avrebbe mai fatto.

Non era stata davvero sua intenzione conversare con

lui; ciò andava contro tutti i suoi istinti. Alabama non era una chiacchierona. Non sarebbe mai stata una chiacchierona. Crescendo, era migliorata, ma quando Christopher si era scusato in maniera così dolce e contrita, lei non era riuscita a trattenersi dal cercare di farlo sentire meglio. *Lei* voleva far sentire meglio *lui*. Assurdo. E quando Christopher le aveva detto di guardarlo con *quella* voce, lei non era riuscita a trattenersi.

Per tutta la sua vita, Alabama aveva cercato di compiacere qualcuno: la mamma, gli insegnanti, i genitori affidatari... ma non era mai servito a nulla. Nessuno era mai stato felice di lei. Parlava troppo, non parlava abbastanza, era strana, non partecipava a sufficienza... Perché non poteva semplicemente smetterla di cercare di far felici gli altri? Ormai, avrebbe dovuto avere imparato la lezione.

Alabama si recò in un angolo della stanza e si lasciò cadere su una sedia, si il mise piatto in grembo e cercò di ritrovare la calma. Che ore erano? Poteva andare? Sì, era stata invitata alla festa dagli Wolfe, ma non era un'agente immobiliare. Era un'addetta alle pulizie. Puliva gli uffici dopo che tutti gli altri erano tornati a casa. Non era un lavoro affascinante, ma lei lo faceva bene. Era suo orgoglio assicurarsi che tutto fosse immacolato. Il lavoro le piaceva perché non doveva parlare con nessuno. Poteva mettersi le cuffie dell'iPod e ascoltare la sua musica preferita a tutto volume mentre puliva.

Alabama conosceva tutti gli angoli dell'ufficio. Probabilmente, sapeva quello che vi succedeva persino più degli Wolfe. Era incredibile quello che le persone gettavano, pensando che sparisse una volta entrato nel bidone. Alabama aveva visto preservativi usati, antiacidi, post-it con poesie d'amore; una volta, aveva persino dovuto svuotare una pattumiera piena di vomito. Scosse la testa. Se solo gli altri avessero saputo cosa le toccava fare quando puliva l'ufficio.

Alabama sapeva che la maggior parte degli agenti immobiliari non sapeva nemmeno della sua esistenza e le andava benissimo così. Non era mai riuscita a fare amicizia facilmente. Oh, sapeva di essere una persona abbastanza gentile; semplicemente, non era molto socievole. Alabama non amava chiacchierare del più e del meno e la maggior parte delle donne la considerava strana. E poi, fare amicizia significava aprirsi e rendersi vulnerabile. Alabama ci aveva provato, un anno dopo essersi trasferita a Riverton. C'era un'altra addetta alle pulizie con cui aveva *creduto* di aver fatto amicizia.

Avevano cenato insieme qualche volta e trascorso un po' di tempo insieme al lavoro. Alabama aveva persino cominciato ad andarla a prendere a casa e a riaccompagnarla dopo il lavoro. Una sera, l'aveva sentita parlare al telefono con qualcuno riguardo a ciò che pensava davvero della loro amicizia. Non aveva fatto altro che sfruttare Alabama per i passaggi, in modo da risparmiare denaro. Aveva detto a chiunque fosse all'altro capo del telefono che pensava che Alabama fosse strana e che era felice che, la settimana dopo, le avrebbero ridato la macchina. Quella era stata l'ultima volta in cui lei si era offerta di darle un passaggio e l'ultima volta in cui aveva cercato di fare amicizia.

Tornando al presente, Alabama guardò Adelaide, dall'altra parte della stanza. Avrebbe voluto che Adelaide non sapesse della sua esistenza. Quella donna l'aveva presa subito in antipatia. Alabama non aveva idea del perché. Era in ufficio, impegnata a pulire come sempre, quando Adelaide era arrivata, sul tardi la sera. Entrambe erano rimaste stupite di vedere l'altra, ma Adelaide le aveva ordinato di uscire dall'ufficio e aveva chiuso la porta. Adelaide era rimasta dentro per circa trenta minuti prima di uscire nuovamente e dire ad Alabama che non era necessario che lei pulisse il suo ufficio, quella sera.

Alabama si era limitata a fare spallucce e a continuare a pulire. Tutto lì. Da quella sera in poi, Adelaide le lanciava occhiate assassine tutte le volte che la vedeva. Alabama non aveva idea di cosa avesse nascosto Adelaide nell'ufficio, quella sera, ma palesemente si trattava di qualcosa di cui lei non voleva far sapere a nessuno. Alabama aveva pensato di frugare nell'ufficio per vedere cosa sarebbe riuscita a trovare, ma non si era presa la briga di farlo. Onestamente, non gliene importava nulla. Era certa che, di qualunque cosa si trattasse, non avrebbe fatto altro che provocarle altri guai.

Alabama aveva udito i commenti cattivi di Adelaide sulle sue verdure prima di mettersi in coda. Sapeva che Christopher ne aveva sentito parlare nello stesso momento, ma cercava di non avercela con lui per quello.

L'uomo aveva cercato di scherzare con lei, non di essere cattivo, e non aveva idea che fosse stata lei a portarle.

Alabama piluccò con scarso entusiasmo il cibo che si era messo sul piatto e guardò le persone che la circondavano. Come al solito, nel piccolo spazio c'era troppa gente, ma gli Wolfe non volevano saperne di spostare altrove il loro "ritrovo" annuale. Era tradizione che esso si tenesse sul posto di lavoro, per cui si sarebbe sempre tenuto lì, punto e basta. La maggior parte delle persone rideva e parlava con disinvoltura. Il volume era alto nella stanza, per via delle dimensioni della folla. Ma se non altro, tutti sembravano felici e rilassati.

Alabama guardò Christopher mettersi al fianco di Adelaide. Era davvero un peccato che stesse con lei. Adelaide non se lo meritava, quello era certo. Alabama ripensò al momento in cui l'uomo le aveva porto un piatto. Lo aveva fatto con noncuranza, come se ci fosse abituato, e probabilmente era così. Sembrava che fosse nella sua natura prendersi cura degli altri; ma, non riuscì a non chiedersi lei, chi si prendeva cura di lui? Di sicuro non Adelaide. Non si era nemmeno accorta che, quando gli aveva afferrato il braccio nel momento in cui egli si era affiancato nuovamente a lei, gli aveva urtato la mano, facendogli rovesciare un po' di punch sulla camicia. Adelaide non aveva nemmeno sollevato lo sguardo dalla conversazione a cui stava partecipando per notare il cipiglio dell'uomo o per aiutarlo a tamponare la bevanda versata.

Nonostante il modo in cui si comportava, Alabama

notò che Christopher continuava a proteggere Adelaide. Di fronte ai suoi occhi, l'uomo la allontanò dal tragitto di due uomini che stavano cercando di oltrepassare il capannello di donne e le prese il bicchiere vuoto dalla mano quando lei ebbe finito di bere. Adelaide lo ignorava e non lo aveva nemmeno ringraziato. Alabama poteva guardare e apprezzare i gesti di Christopher, ma non aveva idea di come ci si sentisse a essere trattate così.

Adelaide si rendeva conto di quanto Christopher facesse per lei? Capiva come la proteggeva in tanti, piccoli modi? Alabama cercò di mettersi nei panni di Adelaide; se Christopher fosse stato il suo ragazzo, lei si sarebbe approfittata di ciò che lui era disposto a fare per lei? Mentalmente, fece spallucce. Nessuno, in vita sua, si era preso la briga di preoccuparsi per lei, per cui non riusciva a immaginare come si sarebbe comportata. Non aveva importanza. Alabama non aveva bisogno di nessuno. Se la cavava benissimo da sola, o almeno questo era ciò di cui cercava di convincersi.

Alabama era così occupata a guardare di nascosto Christopher con Adelaide che non notò i primi segnali di pericolo. Solo quando vide Christopher lasciar cadere il piatto che aveva in mano, ignorando il cibo che si spiaccicava sulle gambe di entrambi, e afferrò Adelaide per un braccio, lei si rese conto che qualcosa non andava.

Lanciò un'occhiata verso il tavolo del buffet e vide che il tavolo e la tenda dietro di esso avevano preso

fuoco e che le fiamme si stavano diffondendo velocemente. La stanza, già troppo piena, si stava rapidamente
colmando di fumo e Alabama sentì le persone gridare in
preda al panico. Lasciò cadere a sua volta il piatto,
ormai quasi vuoto, e si guardò attorno per capire da
dove poteva uscire.

Sin dall'infanzia, quando era stata costretta a sfuggire a sua madre nei momenti di collera, Alabama si
assicurava sempre di prendere nota di dove fossero le
uscite, ovunque si trovasse. Quella consapevolezza
l'aveva salvata numerose volte dalle percosse e ora
avrebbe potuto salvarle la vita.

La maggior parte delle persone si stava dirigendo
verso l'ingresso principale, lo stesso dal quale erano
entrate in precedenza. Faceva parte della natura umana
dirigersi verso la porta che si conosceva piuttosto che
cercare un'alternativa.

Alabama sapeva che c'era un'uscita secondaria, ma
essa si trovava nella direzione opposta rispetto a quella
da cui la maggior parte delle persone nella stanza stava
cercando di uscire, in fondo a un breve corridoio che si
estendeva dalla sala principale. Non era visibile dalla
zona principale in cui si svolgeva la festa e di conseguenza non era nemmeno un'opzione per la folla in
preda al panico. Il fumo che saliva dalle tende era nero e
pesante. Alabama sentiva l'ossigeno diminuire; respirare
stava diventando sempre più difficile.

Aveva fatto due passi verso il corridoio e la libertà,
quando si fermò. Pensò a tutte le persone che, molto

probabilmente, non sarebbero riuscite a raggiungere l'altra uscita a causa della folla di festaioli in preda al panico. Di certo, una volta esaurita l'aria, avrebbero bloccato la porta. Aveva visto abbastanza servizi al telegiornale su bar e discoteche in cui scoppiava un incendio e sulle carneficine provocate dalla calca di persone che cercavano di uscire da una porta bloccata. Se tutti avessero continuato a spingere e spintonare cercando di uscire dall'ingresso principale, presto esso sarebbe stato impraticabile. Christopher non sarebbe riuscito a uscire.

Prima ancora di pensare a muoversi, Alabama si diresse nella direzione in cui aveva visto Christopher per l'ultima volta. Si rese presto conto che non sarebbe riuscita a rimanere in piedi, se voleva respirare. Si lasciò cadere in ginocchio e cominciò a gattonare il più velocemente possibile. Grazie a Dio, portava i pantaloni. Si diresse verso l'altra estremità della stanza, lontano dalla libertà offerta dall'uscita secondaria, ma verso Christopher. L'uomo non era mai stato in quell'edificio e non poteva avere idea dell'altra porta. Chissà come, Alabama sapeva inoltre che l'uomo non avrebbe abbandonato Adelaide e le altre donne vicino a cui si trovava. Avrebbe fatto tutto il possibile per salvarle.

Alabama perse minuti preziosi cercando di orientarsi nella stanza, che sembrava molto più grande ora che lei non poteva vederla e che era piena di fumo. Tossì una volta, poi un'altra. Cercò di affrettarsi. Sapeva che il tempo si stava esaurendo. Alla fine, raggiunse il punto in cui Christopher si era trovato con Adelaide; i due non erano lì, ma lei vide un gruppo di persone premute contro la vicina parete.

Alabama li raggiunse, ma afferrò il braccio dell'uomo che le passò accanto. Indicò verso l'altra estremità della stanza, dove si trovava il corridoio, e disse in tono urgente: "C'è un'altra porta. È da quella parte, lungo il corridoio. Sbrigatevi."

L'uomo non esitò; si limitò ad afferrare la mano della donna accanto a sé e si diresse nella direzione indicata da Alabama. Nel giro di pochi istanti, svanirono nella stanza colma di fumo. Se lei non lo avesse toccato con mano, si sarebbe chiesto se lo avesse sognato. Proseguì lungo la parete, in cerca di Christopher, e indirizzò tutte le persone che incontrava verso l'altro lato della stanza. Tutti parvero grati della sua esistenza, ma nessuno la incoraggiò a seguirli. Si limitarono a voltarsi e a seguire le sue indicazioni.

Dopo aver indicato la strada a diversi gruppi di persone, Alabama raggiunse finalmente Christopher e Adelaide. Erano in ginocchio, premuti contro la parete. Christopher si era tolto la giacca sportiva e l'aveva messa attorno ad Adelaide. Si era tolto anche la camicia bianca e l'aveva legata attorno alla testa di Adelaide, per aiutarla a respirare. Aveva stretto la donna al proprio petto e la stava proteggendo. Alabama vide che stava cercando di prendere le misure della stanza, molto probabilmente in cerca di una via di fuga.

Alabama si concesse mezzo secondo per ammirare il

fisico di Christopher prima di riportare l'attenzione sull'emergenza in corso. Non aveva il tempo di fissare i muscoli dell'uomo e ignorò la stretta allo stomaco che avvertì quando vide per la prima volta gli addominali scolpiti di Christopher.

"Christopher," gridò mentre lo afferrava per il bicipite, sentendo il muscolo che si gonfiava sotto le dita. "C'è un'altra porta laggiù." Indicò l'altro lato della stanza e il corridoio verso cui aveva indirizzato le persone.

Aspettandosi che l'uomo afferrasse immediatamente Adelaide e si dirigesse verso la salvezza, Alabama rimase sorpresa quando lui ignorò le sue parole e le afferrò invece il braccio con urgenza. "Va tutto bene, Alabama?"

Lei era felicissima che l'uomo le avesse chiesto come stava, ma non era il momento. Dovevano uscire. Stava diventando difficile parlare e sentire, col rumore del fuoco.

Alabama si limitò ad annuire. "La porta è da quella parte." Indicò ancora una volta, cercando nuovamente di convincerlo a muoversi.

"Sei sicura?" chiese Christopher, la voce arrochita dal fumo che aveva inalato.

Alabama annuì con urgenza. Merda, se l'uomo non fosse andato da solo, lei avrebbe dovuto costringerlo. "Seguimi," ordinò.

Si voltarono per strisciare sul pavimento, ma Adelaide non volle saperne di muoversi.

"Dove andate? No! La porta è qui, dobbiamo restare

qui. Tra un attimo si farà spazio." Adelaide cominciò a tossire violentemente, la voce smorzata dalla camicia che Christopher le aveva avvolto attorno alla testa.

Christopher si voltò nuovamente verso Adelaide e le rivolse alcune parole brusche. Stava cercando di convincerla a incamminarsi verso l'altra uscita. Alabama vedeva le ceneri provenienti dalle pareti e altri materiali infiammabili fluttuare verso il basso e atterrare sulla schiena nuda di Christopher quando questi si inginocchiò accanto e sopra Adelaide. Non indossava la camicia e si sarebbe ustionato se avesse gattonato attraverso la stanza in quelle condizioni.

Alabama si guardò disperatamente attorno e intravide una giacca abbandonata sul pavimento, palesemente lanciata via da una persona in preda al panico. Strisciò fino a essa e afferrò una brocca d'acqua che ancora giaceva abbandonata sopra una tovaglia dai colori accesi. Tornò gattonando da Christopher e, senza preavviso, gli rovesciò l'acqua sopra la testa e la guardò ricadere sui capelli e lungo la schiena dell'uomo.

Si dispiacque per un istante, ma poi decise che era meglio che l'uomo fosse arrabbiato con lei piuttosto che ustionato. Ignorando le grida di offese di Adelaide di fronte alle sue azioni, Alabama ficcò in mano a Christopher la giacca che aveva preso da terra.

"Per proteggerti la schiena." Sotto il suo sguardo, Christopher non si lamentò né disse nulla per il modo in cui lei lo aveva inzuppato e si infilò la giacca. Gli stava stretta e non solo perché ora era bagnato. L'uomo era palesemente molto più robusto e muscoloso di quello che aveva abbandonato la giacca. Christopher si limitò a rivolgerle un cenno del capo, per poi scostarsi dal viso i capelli ora gocciolanti. Si rivolse nuovamente ad Adelaide.

Essendosi stancato della tirata di Adelaide, Christopher la afferrò strettamente per un braccio e le ordinò, con quel suo tono di voce schietto: "Muoviti."

Vedendo che l'uomo faceva sul serio e decidendo, finalmente, che muoversi era meglio che restare inginocchiati contro un muro in una stanza in fiamme, Adelaide smise finalmente di sbraitare e annuì mestamente. Christopher le lasciò il braccio e accennò ad Alabama di fare strada. Lei lo fece senza alcuna esitazione. Sentiva la presenza di Christopher al suo fianco. Questi non le aveva semplicemente permesso di prendere il comando della situazione, ma era proprio accanto a lei mentre attraversavano la stanza diretti verso l'uscita, senza permettere che Alabama si allontanasse dalla sua portata. Era così vicino che, ogni tanto, la sua spalla le sfiorava il sedere.

La stanza era spaventosa, ora. C'era rumore. Molto rumore. E c'era buio. Alabama sapeva che l'aria nella stanza era ormai quasi priva di ossigeno. Tutti quei pensieri su quanto fosse figo Christopher senza la camicia e su quanto egli fosse stato gentile con lei erano svaniti dalla sua mente. Alabama era concentrata esclusivamente sull'uscire dall'edificio, che stava bruciando con loro ancora dentro.

Tossiva senza sosta e sentiva Christopher sussultare contro di lei, tossendo a sua volta. Mentre gattonava, la sua mano toccò un pezzo di stoffa per terra. Senza pensare, lo afferrò subito. Poi allungò il braccio all'indietro e premette il pezzo di tessuto contro il braccio di Christopher. L'uomo lo afferrò e lei sperò che lo stesse usando come filtro per respirare, come era stata sua intenzione. Alabama poteva anche non pensare a quanto fosse attraente quell'uomo, ma questo non significava che avesse smesso di preoccuparsi per lui. Christopher doveva coprirsi la faccia, per non inalare più fumo di quanto avesse già fatto. Alabama non pensò nemmeno a se stessa. Voleva solo proteggere Christopher.

Mentre lei e Christopher gattonavano, incontrarono altre persone, che sembravano essersi perse nella confusione; Alabama le afferrò e disse loro di seguirli. Quando il gruppetto raggiunse il corridoio e poi la porta, erano circa in dieci, tutti in un'unica, lunga fila. Lei si fermò e spinse la porta. Ebbe un momento di panico quando essa non si mosse, ma Christopher la raggiunse e unì la sua forza a quella di lei. Il loro peso combinato fece spalancare la porta. L'aria fresca le soffiò sul viso e Alabama trasse un respiro profondo.

L'aria fresca era fantastica, ma l'ingresso di ossigeno nel corridoio e la sua diffusione verso la stanza in fiamme parvero attizzare il fuoco. Fumo nero uscì dalla porta e il gruppo assortito che aveva gattonato attraverso l'inferno non perse tempo ad andarsene. Uno alla volta, gattonarono attraverso la porta, si alzarono in piedi e corsero via dall'edificio in fiamme il più velocemente possibile.

Alabama prese posizione accanto alla porta e aiutò tutti a uscire. Li sostenne mentre gattonavano fuori e cercano di alzarsi. Non riusciva a smettere di tossire, ma lo stesso valeva per tutti gli altri. Profondi colpi di tosse riecheggiavano nell'aria attorno a loro. Se il fuoco non li avesse circondati, tutto ciò che lei avrebbe sentito sarebbe stato il tossire della gente. Invece, riusciva a malapena a sentire se stessa, figurarsi tutti gli altri. Vide Christopher esitare prima di uscire, ma Adelaide si aggrappò al braccio dell'uomo, trascinandolo via, e lui svanì nell'aria pulita.

Dando un'ultima occhiata all'interno dopo che l'ultima persona nel gruppo fu uscita, Alabama non vide nessun altro. Il fuoco sfiorava il soffitto e faceva caldo. Più caldo di quanto lei avesse mai avuto. Se c'era ancora qualcuno all'interno, Alabama non credeva possibile che sarebbe sopravvissuto.

Lei non aveva avuto tempo di pensare, in precedenza, ma quello che aveva appena fatto la spaventò mortalmente e cominciò a tremare. Andava tutto bene. Lei stava bene. Aveva fatto uscire Christopher. Aveva fatto uscire altre persone. Grazie a Dio, sapeva di quell'uscita.

Allontanandosi barcollando dalla porta, Alabama si guardò attorno, nel caos totale che la circondava. Cinque camion dei pompieri si stavano allineando sul marciapiede e c'erano persone sedute in piedi attorno all'edificio, in stato di shock. Vide anche alcuni furgoni dei media. La notizia avrebbe avuto grande risonanza, ne era certa.

Alabama continuava a tossire, ma ignorò la cosa mentre si guardava freneticamente attorno. Alla fine, vedere Christopher con Adelaide fece sì che i suoi muscoli tesi si rilassassero leggermente. L'uomo era lì. Era al sicuro. Non avrebbe saputo dire perché ciò significasse tanto per lei. Per la miseria, non lo conosceva nemmeno. Ma c'era qualcosa, nel modo in cui Christopher parlava con lei... come se fosse interessato; e il modo in cui trattava Adelaide la colpiva nel profondo.

Qualcosa dentro di lei, che aveva sperato e pregato che qualcuno prendesse le sue parti, che la proteggesse dalla mamma, rizzò le orecchie e prese nota di Christopher. Quello era il genere d'uomo che lei voleva. Era il genere d'uomo che si prendeva cura della sua donna. Christopher non avrebbe mai permesso a nessuno di farle del male. Alabama sapeva, per esperienza diretta, che uomini come quello non si incontravano tutti i giorni. Sebbene non le appartenesse, lei sapeva che il mondo era un posto migliore perché lui ne faceva parte.

Guardò Adelaide tuffare il viso contro il collo di Christopher e lanciare un urlo. Con una certa cattiveria, Alabama pensò che, se Adelaide aveva le forze e la capacità di piangere così forte senza tossire un polmone, era in condizioni migliori della maggior parte delle persone che la circondavano, Christopher compreso. Adelaide avrebbe dovuto curarsi di più di come stesse Christopher, piuttosto che perdere la testa.

Sotto lo sguardo di Alabama, Christopher cercò di dare conforto alla donna che aveva fra le braccia, mentre al tempo stesso cercava di riprendere fiato.

Alabama notò i due soccorritori che si facevano largo fra le persone sedute alla bell'e meglio sull'erba, cercando di capire chi avesse bisogno di aiuto per primo. Tossivano tutti, ma nella maggior parte dei casi, sembrava che stessero bene. Quando uno degli uomini raggiunse Alabama, lei gli rivelò a bassa voce e in maniera succinta le sue preoccupazioni, liquidando le domande riguardo alle sue condizioni di salute.

Quando finalmente capì ciò che voleva, il soccorritore la lasciò e si recò da Christopher. Rilassata dal fatto che l'uomo sarebbe stato soccorso prima piuttosto che poi, Alabama dedicò la propria attenzione all'uscire da quella situazione e a tornare al suo piccolo appartamento. Faceva cagare, ma era casa sua e lei voleva disperatamente tornarci.

Avrebbe cercato di capire più tardi cosa ne sarebbe stato del suo lavoro. In quel momento, i pulitori sarebbero stati certamente l'ultima preoccupazione degli Wolfe. Alabama avrebbe aspettato un po' prima di contattarli, per capire cosa avrebbe dovuto fare in seguito. Aveva *bisogno* di quel lavoro, ma non voleva essere egoista quando altre persone erano ferite e, probabilmente, tutti erano preoccupati per il proprio lavoro e per come avrebbero fatto a guadagnarsi da vivere.

Alabama non voltò lo sguardo verso l'uomo che avrebbe voluto fosse suo. Si limitò ad allontanarsi da quella scena caotica. Era inutile desiderare qualcosa che non sarebbe mai potuto accadere. Le cose stavano come stavano. Aveva imparato la lezione molto tempo prima. Avrebbe dovuto accontentarsi del loro breve incontro e del fatto che qualcuno si stesse prendendo cura di Christopher.

Abe sollevò lo sguardo sul soccorritore diretto verso di lui. Grazie a Dio; così, il soccorritore avrebbe potuto prendersi cura di Adelaide e lui avrebbe potuto levarsi dalle palle. Abe voleva trovare Alabama e ringraziarla. Rimase stupito quando l'uomo si rivolse direttamente a lui e non diede nemmeno un'occhiata alla donna semi-isterica che stava cercando di sparire fra le sue braccia.

"Scusi? Mi hanno detto che è ustionato. Vorrei darle un'occhiata e assicurarmi che sia solo superficiale."

"Ustionato?" Abe era confuso. Chi aveva detto che si era ustionato? Era ferito e non se ne era reso conto?

"Si volti, per favore; togliamo questa giacca e vediamo quanto è grave la situazione."

Abe tossì e lasciò andare Adelaide, che gli stava bloccando la circolazione al braccio. La donna oppose resistenza, ma il soccorritore le disse con fermezza di lasciarlo andare perché gli controllasse la schiena. La giacca gli provocò un po' di bruciore mentre gli scivolava via dalla schiena, ma Abe non mostrò segni di sofferenza. Il dolore era poco, soprattutto rispetto a certe ferite che aveva riportato in missione.

"D'accordo, non sembra grave," disse il soccorritore in tono spiccio. "Sembra che alcune delle ceneri siano atterrate sulla sua schiena mentre usciva. Immagino che non abbia sempre avuto addosso la giacca. È un bene che se la sia rimessa. Ne sarebbe uscito molto peggio, altrimenti. Guardi qua."

Abe guardò la giacca che l'uomo aveva in mano e rimase stupito. Non aveva sentito nulla cadergli sulla schiena quando era premuto contro il muro con Adelaide; merito dell'adrenalina, probabilmente. Ma se Alabama non avesse avuto la presenza di spirito di inzupparlo di acqua e di dargli quella giacca... Alabama! Dov'era? All'improvviso, gli venne una voglia disperata di trovarla, di assicurarsi che andasse tutto bene, di ringraziarla, perdiana... per un sacco di motivi che non capiva.

Abe si guardò attorno e non la vide da nessuna parte. Era riuscita a uscire?

"Chi è stato a dirle di controllare come stavo?" Abe sapeva che non era stato l'uomo a dirlo, ma doveva trattarsi di Alabama; nessun altro poteva sapere che si era ustionato. Doveva essere sicuro.

"La signora laggiù..." Il soccorritore indicò il punto dove aveva visto Alabama l'ultima volta, ma lei non c'era. "Beh, che *era* laggiù. Indossava dei jeans e non era molto alta."

Abe annuì, un po' infastidito dalla descrizione non

esattamente lusinghiera della donna che lui trovava affascinante e splendida. "La conosco. Grazie."

Abe non notò la smorfia sul volto di Adelaide quando lui confermò la presenza di Alabama.

"Sai che fa le pulizie, vero?" disse Adelaide in tono malevolo, rendendo nota la sua presenza per la prima volta da quando il soccorritore li aveva raggiunti. "È strana e pulisce i bagni per lavoro."

"Sai che ti ha appena salvato la vita, vero?" ribatté Abe, senza batter ciglio. "Cribbio, ha salvato *un mucchio* di vite, compresa la mia. Non mi importa se è un'evasa o la regina della fottuta Inghilterra."

Adelaide si limitò a voltare la testa e a tossire in maniera teatrale.

"Su, adesso le pulisco la schiena, poi sarà libero di andare," disse con un certo disagio il soccorritore, che evidentemente non era contento di trovarsi nel bel mezzo di un litigio.

Abe non avrebbe desiderato altro che lasciare Adelaide seduta per terra, ma non poteva. Non sarebbe stato giusto, non importava quanto fosse arrabbiato per tutta la situazione. La aiutò ad alzarsi e le passò un braccio attorno alla vita, aiutandola a raggiungere il retro di una delle ambulanze allineate sul marciapiedi.

La sensazione della vita sottile di Adelaide non gli faceva ormai più alcun effetto. Non riusciva nemmeno a credere di aver pensato che fosse sexy. Quando l'aveva vista per la prima volta da *Aces*, col suo abitino nero, ne era rimasto infatuato. Gli era sembrata la donna perfetta. Ora la conosceva meglio. Adelaide era crudele e, per quanto lo riguardava, la crudeltà rendeva inefficace anche il più bell'aspetto.

Sapeva che quello non era il posto giusto, ma non poteva e non voleva continuare ad aspettare.

"Adelaide, non volevo che succedesse così, ma è ora che la facciamo finita. Il tempo che abbiamo trascorso assieme è stato bello, ma non credo che andremo da nessuna parte."

"Mi vuoi lasciare?" strillò Adelaide, senza nemmeno tossire. Palesemente, la camicia di Abe l'aveva protetta a sufficienza in mezzo a quell'inferno infuocato. "Ma che diavolo? Pensavo che tu fossi un grande protettore, un grosso maschio alfa. Ma proprio quando sono ferita e nel momento più brutto, mi dici che è finita? Vuoi lasciarmi per *la donna delle pulizie?*"

Quando Abe non disse nulla, limitandosi a fissarla con derisione, Adelaide fece una smorfia. "Stronzo. Te ne pentirai."

"Mi sono già pentito." Abe se ne andò, scuotendo la testa. Non avrebbe mai capito le donne. Mai. Mentre si allontanava, stava già progettando un modo per trovare Alabama. Lei ancora non lo sapeva, ma lo avrebbe rivisto molto presto. Abe avrebbe contattato Tex, se necessario. Tex poteva trovare chiunque. Tex era stato membro di una squadra di SEAL, una volta, ma dopo aver perso una gamba in missione si era trasferito in Virginia e aveva aperto un'agenzia di investigazioni private.

Tex era ancora amico di tutti i membri della squadra e li aveva aiutati a trovare Caroline quando lei era stata rapita dai terroristi, qualche mese prima. Tex avrebbe aiutato Abe a trovare Alabama, dopodiché lui avrebbe potuto mettersi al lavoro per conoscerla davvero.

Abe non era così entusiasta di conoscere una donna da molto tempo; troppo tempo. Non vedeva l'ora. Alabama sarebbe rimasta molto sorpresa. E poi sarebbe diventata sua.

CAPITOLO QUATTRO

ALABAMA TOSSÌ e guardò con mestizia il telegiornale, la sera dopo. Il conduttore stava parlando dell'incendio. A quanto pareva, uno degli scaldavivande sul tavolo del buffet aveva fatto cortocircuito e la tovaglia di carta da quattro soldi aveva preso fuoco. Alabama non riuscì a trattenere il pensiero cattivo che, se non altro, le sue verdure non avevano incendiato il palazzo; era tutta colpa del cibo di lusso comprato da qualcuno.

Quando qualcuno se ne era accorto, la piccola fiamma si era ormai diffusa e le tende avevano già preso fuoco. Per fortuna, nessuno era rimasto ucciso, ma c'era ancora circa una dozzina di persone in ospedale. Erano sottoposti a trattamenti per l'inalazione di fumo e le ustioni. Troppe persone erano rimaste intrappolate cercando di uscire dalla porta. Il giornalista aveva intervistato alcuni testimoni di passaggio. Molti avevano detto di aver avuto molta paura e di aver creduto che sarebbero morti.

Alabama riconobbe una coppia che aveva indirizzato verso il corridoio e la porta. Costoro avevano raccontato che la stanza era buia e spaventosa e accennato al fatto che qualcuno avesse indicato loro la porta secondaria in modo da permettere loro di uscire. Ma non avevano idea di chi fosse. All'inizio, l'intervistatore parve interessato, ma poi qualcuno nelle vicinanze fu portato via con una barella e a quanto pareva, ciò era più interessante degli spettatori illesi.

Parte di Alabama era felice. Non aveva alcun interesse nell'essere intervistata o nello spiccare. Quello che aveva fatto lei avrebbe potuto farlo chiunque. O almeno, così credeva Alabama. Detestava essere al centro dell'attenzione. Ma un'altra parte di lei era leggermente ferita. Se qualcuno avesse salvato la *sua* vita, lei sarebbe stata attenta a notarlo e, quantomeno, lo avrebbe ringraziato. Beh, pazienza.

I polmoni le facevano ancora male, ma in tutta onestà non poteva lamentarsi: era ancora viva *e* aveva aiutato molte persone a fuggire. Non si era presa la briga di andare in ospedale. Una volta appurato che Christopher veniva trattato per le ustioni sulla schiena, se ne era semplicemente andata. Pulire uffici non le aveva consentito di mettere da parte molto denaro e si era detta che fare un salto in ospedale e pagare di tasca sua perché un medico le dicesse che stava bene non era un buon modo per spendere il denaro che aveva guadagnato col sudore della fronte.

Si strinse attorno la coperta sul divano. Il piccolo appartamento era tutto ciò che poteva permettersi col suo stipendio. Stava risparmiando per pagare l'anticipo per una casa tutta sua. Non sapeva quale casa o dove, ma avrebbe fatto tutto il possibile per avere uno spazio che appartenesse solo a lei. Il modo in cui era cresciuta la spingeva a bramare una casa che le appartenesse. Un luogo sicuro tutto suo. Anche se aveva reso l'appartamento il più accogliente possibile, Alabama non si sarebbe mai sentita al sicuro fino a quando non avrebbe avuto una sua casa e un suo spazio.

Le case delle famiglie a cui era stata affidata non le avevano mai dato una sensazione di sicurezza. Alabama aveva sempre dovuto guardarsi dagli altri bambini affidatari e a volte, persino dai genitori. Dio sapeva che non si era mai sentita al sicuro con sua madre. L'appartamento in cui viveva ora era perfetto, per il momento: era piccolo ed economico, e le permetteva di mettere da parte qualcosa tutti i mesi.

Alabama era orgogliosa della cifra che era riuscita a risparmiare fino a quel momento. Sicuramente, alcuni non avrebbero pensato che fosse molto, ma per lei aveva un grande significato. Faceva tutte le economie possibili e cercava di fare acquisti nei negozi di articoli di seconda mano per risparmiare ancora di più. Persino quel minuscolo appartamento era uno sforzo cosciente per essere frugale.

Il padrone di casa era un bastardo viscido di nome Bob. Alabama non sapeva nemmeno quale fosse il suo cognome. L'uomo si era presentato semplicemente come "Bob" prima di elencare le regole di casa quando lei si era detta interessata ad affittare l'appartamento. Niente animali domestici. Niente feste. Niente subaffitto. Niente fumo. L'affitto andava pagato il primo giorno di ogni mese, senza proroghe. Il primo mese andava pagato in anticipo. L'appartamento era parzialmente arredato, ma Alabama si era comprata un piccolo letto coi suoi soldi. Non aveva nessuna intenzione di dormire dove altri avevano fatto chissà cosa. Le era toccato farlo per tutta la sua gioventù. Quando si era diplomata ed era andata a vivere da sola, aveva giurato a se stessa che non avrebbe mai più dormito su un materasso usato. Fino a quel momento, era riuscita nel suo intento.

Il monolocale di cui Bob aveva parlato nell'annuncio non era propriamente tale: l'unico "locale" era il bagno, ma la cosa non le creava problemi. Alabama viveva da sola e non aveva davvero bisogno di altro spazio.

Proprio mentre cominciava ad addormentarsi, qualcuno bussò alla porta. Alabama si sollevò di scatto. Che diavolo stava succedendo? Nessuno veniva mai al suo appartamento. Non aveva amici. Nessuno veniva mai nemmeno a salutarla. Era uno dei vicini? Aveva visto l'anziana che viveva sul suo stesso pianerottolo. Si erano scambiate un sorriso, ma non si erano davvero rivolte la parola. Doveva essere lei.

Alabama si guardò. Indossava dei pantaloni della tuta e una maglietta larga. Fece spallucce. Non doveva far colpo su nessuno. Si trattava sicuramente della vicina, oppure di qualcuno che stava bussando alla porta sbagliata.

Alabama si recò alla porta e la aprì di uno spiraglio. Naturalmente, Bob non aveva investito soldi per installare delle porte con degli spioncini. Era davvero un pezzente.

L'ultima persona che si sarebbe aspettata di vedere fuori dalla sua porta era Christopher. All'improvviso, si rese conto che non conosceva nemmeno il suo cognome. Rimase lì come un'imbecille, a fissarlo. Di fronte al sollevarsi delle sopracciglia di lui, ignorò coraggiosamente la regola che si era imposta di non parlare con nessuno e non riuscì a trattenersi dal chiedere: "Come hai fatto a trovarmi?"

Rimase sbalordita nel vedere un colorito roseo diffondersi sul volto dell'uomo. Porca miseria, Christopher stava arrossendo? Non avrebbe mai pensato che un uomo come lui potesse arrossire.

"Sì, beh, mi sono detto che, siccome hai un nome molto particolare, non sarebbe stato difficile trovarti... e avevo ragione. Sapevi di essere l'unica persona a Riverton di nome Alabama? Ero pronto a chiedere agli Wolfe di una persona che lavora per loro di nome 'Alabama' quando il mio amico mi ha richiamato circa 2,3 secondi dopo che gli avevo dato il tuo nome e la città in cui vivi. A quanto pare, è molto facile trovarti, probabilmente troppo; dobbiamo parlarne... Comunque, ti ho trovata e sono venuto qui."

Alabama non riuscì a far altro che fissarlo incredula. Christopher l'aveva rintracciata? Aveva chiesto a uno dei suoi amici di rintracciarla? Perché? Se voleva ringraziarla, gli sarebbe bastato chiamare gli Wolfe e lasciare un messaggio o qualcosa del genere. Alabama avrebbe voluto fargli molte domande, ma il suo cervello non collaborava.

"Vabbè, comunque, volevo passare a ringraziarti e chiederti se volevi prendere un caffè con me, un giorno."

Quando Alabama non disse nulla, Christopher continuò come se lei avesse accettato. "Bene, fantastico. Che ne dici se vengo a prenderti domani verso le undici? Andremo in quel piccolo caffè del centro e faremo quattro chiacchiere." L'uomo ridacchiò divertito fra sé. "Beh, magari sarò io a parlare e tu ad ascoltare." Poi, si fece serio e si sporse in avanti. Il suo tono di voce era basso ed esigente.

"Voglio sedermi con te e ringraziarti come si deve per aver salvato la mia vita e quelle di innumerevoli altre persone. Non ti conosco, ma voglio conoscerti. Probabilmente, tu non vuoi ringraziamenti, ma li avrai comunque, perlomeno da me. Ci sarai domani, quando verrò a prenderti?"

Alabama annuì immediatamente. Quando Christopher abbassava la voce in quel modo, lei non riusciva a *non* concordare con tutto ciò che lui diceva. L'uomo aveva ragione: lei non si sentiva a suo agio a essere al centro dell'attenzione e non voleva ringraziamenti. Era semplicemente felice che *lui* fosse lì e in un unico pezzo. Aveva molte cose da fare, la prima delle quali era contattare gli Wolfe per capire cosa ne sarebbe stato del suo lavoro, ma voleva anche sedersi e bere una tazza di caffè con quell'uomo. Voleva semplicemente sentirsi normale, per una volta.

Abe si raddrizzò e tese la mano. "Non ci siamo mai davvero presentati, giusto? Perlomeno coi nomi completi. Io mi chiamo Christopher Powers. Come ti ho già detto, i miei amici e i miei compagni di squadra mi chiamano Abe." Attese, sperando che Alabama lo avrebbe imitato.

Alabama abbassò lo sguardo sulla mano tesa verso di lei. Christopher aveva unghie ben curate e la sua mano sembrava forte. Com'era possibile che una mano sembrasse forte? Alabama scosse la testa come per svuotarla dei pensieri nebbiosi. Aprì la porta un po' di più e, finalmente, allungò timidamente la mano verso quella dell'uomo. "Alabama Smith."

Abe prese la mano della donna e la strinse, come era stata intenzione di lei; ma poi se la portò alle labbra e ne baciò delicatamente il dorso. "Sono onorato di fare la tua conoscenza." Non riusciva a credere alla sensazione fantastica che gli dava la sua mano. La sua *mano*, bontà divina. La donna non aveva smalto sulle unghie e lui sentì le parti più ruvide, palesemente dovute dalle pulizie che le faceva. Non avrebbe voluto lasciarla andare mai. Avrebbe voluto stringerla a sé e circondarla con le braccia. Resistette all'impulso, a malapena.

Alabama ridacchiò rumorosamente prima di riuscire a trattenersi. Non sapeva esattamente perché stesse ridendo. Probabilmente, si disse, stava ridendo della situazione, del fatto che ci fosse un uomo splendido sulla soglia di casa sua che le baciava la mano. Quel genere di cose non le capitava mai.

"Ci vediamo domani mattina, Alabama Smith. Buona notte."

Alabama guardò Christopher indietreggiare dalla sua porta. L'uomo mantenne il contatto di sguardi con lei il più a lungo possibile. Alla fine, si voltò e si incamminò lungo il corridoio. Un attimo prima di svanire alla vista, voltò lo sguardo e le fece l'occhiolino. Alabama chiuse la porta frastornata. Porca miseria. Aveva appena accettato di uscire con l'uomo più bello che avesse mai conosciuto? Cosa diavolo aveva combinato?

Abe non riuscì a dormire. Aveva rischiato molto rintracciando Alabama. Di solito, non era così aggressivo. Ma chi voleva prendere in giro? Non riusciva a ricordare l'ultima volta in cui aveva dovuto inseguire una donna. Era patetico che l'idea di chiedere a una donna di uscire a bere un caffè fosse intraprendente per lui. Si era troppo abituato a che le donne gli si buttassero ai piedi. Non c'era da stupirsi che gli fossero venute a noia. Si era adagiato sugli allori. Si era impigrito.

Caroline lo aveva rimproverato per quello appena

qualche giorno prima. Detestava Adelaide e non si faceva remore a renderlo noto.

Alabama era diversa. Abe non avrebbe saputo dire esattamente perché, ma in qualche modo lo sapeva. Non era semplicemente perché lei era un po' timida, o perché Abe aveva dovuto rintracciarla. Alabama non era certo una chiacchierona e lui aveva scoperto che la cosa gli piaceva. Anzi, non credeva che la donna avesse detto più del suo nome per tutto il tempo che lui aveva trascorso sulla soglia. Ma quell'assenza di parlantina nervosa era rilassante. Abe non doveva pretendere di essere interessato a una conversazione spicciola.

Il fatto che fosse cresciuto come unico uomo in una famiglia di donne aveva reso la solitudine difficile da ottenere. Non aveva mai associato l'idea di rilassamento alle donne, perlomeno non prima di Alabama.

Adorava le sue sorelle, ma quelle avevano la lingua lunga. Le cene di famiglia erano sempre piene di storie e di risate. Abe aveva avuto un'infanzia fantastica. Amava la sua famiglia. Le sue sorelle lo facevano impazzire, ma lui non avrebbe cambiato nulla di loro. Susie, di venticinque anni, era la più giovane. Alicia era la figlia di mezzo e ne aveva ventotto. Abe ne aveva trentaquattro. Probabilmente, i sei anni di differenza fra lui e Alicia lo avevano reso l'uomo che era adesso. Aveva ritenuto sua responsabilità proteggerla. Aveva trascorso la maggior parte degli anni della scuola a tenerla d'occhio e a combattere per lei quando poteva. Aveva onorato i suoi istinti protettivi da maschio alfa fin da piccolo, senza rimpianti.

Non aveva nulla da rimproverare alle sue sorelle o a sua madre. Adorava essere l'uomo di famiglia. Non aveva mai davvero conosciuto suo padre. Anche se Susie aveva nove anni meno di lui, suo padre non era mai stato molto presente. C'era un motivo, ma lui non amava pensarci.

Suo padre era stato solito farsi vedere per un po', per poi sparire per un mese o più. Quando tornava, a sua madre non sembrava importare. Abe non sapeva cosa avesse fatto esattamente suo padre per vivere. E a una parte di lui, questo dispiaceva.

Tutto ciò che sapeva era che, quando lui aveva undici anni, sua madre lo aveva preso in disparte e gli aveva detto che il papà era venuto a mancare. Abe cercava di non pensare a ciò che suo padre aveva fatto a sua madre... e a lui. Sapeva che le azioni di suo padre erano il motivo per cui lui era quello che era e di certo uno psicologo sarebbe stato felicissimo di analizzare lui e la sua personalità protettiva. Avrebbe collegato la cosa a suo padre e avrebbe cercato di convincere Abe a parlarne, ma lui era quello che era e non aveva intenzione di cambiare.

Si era sempre preso cura della sua famiglia. La famiglia era la cosa più importante della sua vita e lui li avrebbe protetti fino alla fine dei suoi giorni. Nulla era più importante delle sue sorelle e di sua madre. Una volta, Abe aveva portato una donna a casa per una cena in famiglia e, alla fine della serata, aveva capito che la relazione era finita. La sua accompagnatrice si era comportata in maniera maleducata e non aveva trattenuto i commenti di fronte all'aspetto poco curato della madre di Abe. Lui sapeva che diventava sdolcinato con le sue sorelle e sua madre, ma le adorava più di ogni altra cosa e non avrebbe mai tollerato che qualcuno ritenesse giusto sminuirlo per quello. Aveva rotto con quella donna mentre la riportava a casa e non aveva voluto ascoltare i suoi tentativi di spiegare che si era espressa male.

Sperava fortemente che Alabama sarebbe andata d'accordo con la sua famiglia. Era troppo presto per pensieri del genere, ma Abe non riusciva a trattenersi. Sapeva che, entro breve, l'avrebbe portata a conoscerle. Detestava che ciò fosse una specie di prova, ma ormai era grande abbastanza da volere quello che voleva, e che chiunque lo ritenesse inflessibile se ne andasse al diavolo.

Abe era pronto ad avere una persona sua, soprattutto dopo aver visto Caroline e Matthew e la loro felicità insieme. Non aveva nemmeno pensato che Adelaide fosse la persona giusta per lui. Aveva sempre saputo che, con lei, non stava facendo che guadagnare tempo. Adelaide era brava a letto e lui se l'era fatta bastare. A parte il suo comportamento malizioso e pretenzioso, lui non si era nemmeno reso conto di cosa ci fosse, in lei o in tutte le altre donne con cui aveva avuto una relazione, che gli dava fastidio.

C'era arrivato nel bel mezzo di quell'inferno, con le fiamme che lambivano i muri e l'ossigeno alla stanza che si esauriva; solo in quel momento aveva capito cosa rendeva Alabama diversa da tutte le altre donne che lui avesse mai frequentato. Per tutta la sua vita, Abe si era preso cura degli altri. Non provava rammarico nei confronti di nessuno per quello: era fatto così. Gli veniva naturale aprire le porte, allacciare la cintura di una donna, tirarle indietro la sedia e, fondamentalmente, essere cortese e disponibile. Il suo lavoro di SEAL rafforzava quel senso di protezione. Era sempre lui quello che accorreva per salvare qualcuno. In missione, le sue prestazioni erano migliori quando la sua squadra aveva il compito di salvare la vita di qualcuno o di allontanarlo da qualche situazione pericolosa. Era il suo lavoro, il suo dovere, e lui lo svolgeva bene.

Ma il semplice fatto che Alabama si fosse presa il tempo per bagnarlo con l'acqua e trovare una giacca per coprirlo lo aveva distrutto. Alabama gli aveva fatto prendere un colpo quando gli aveva versato la brocca d'acqua sulla testa, ma per fortuna lui aveva capito subito quello che stava facendo. Non si sarebbe mai perdonato se se la fosse presa con lei, scambiandola per una minaccia.

Ma a convincerlo era stato il momento in cui, mentre gattonavano sul pavimento, Alabama gli aveva dato qualcosa per coprirsi la bocca. Non aveva detto nulla; non gli aveva chiesto nulla. Aveva semplicemente agito per fare qualcosa *per* lui. Tutto lì.

Abe dubitava che la donna si rendesse conto di quanto fossero state importanti le sue azioni per lui. Nessuno si "prendeva cura" di lui. Era lui a prendersi cura degli altri, sempre. Persino sua madre non si prendeva cura di lui da molto tempo, da quando era piccolo. Abe la chiamava ancora tutte le settimane, quando non era in missione, per assicurarsi che stesse bene e per chiedere se avesse bisogno di qualcosa. Svolgeva sempre piccoli lavori in casa e in generale si assicurava che tutto, nel mondo di sua madre, fosse a posto.

Lo stesso valeva per le sue sorelle. Abe si sarebbe sempre preso cura di loro. Le adorava, naturalmente, ma non era tutto lì. Non voleva che loro patissero qualunque difficoltà, se lui poteva impedirlo. Dava il meglio di sé in occasione dei loro compleanni e delle feste.

Ma nessuno si prendeva cura di lui. Abe non se n'era nemmeno accorto prima di Alabama e di quel maledetto tovagliolo che lei gli aveva dato. Persino quando era malato, Abe si prendeva cura di se stesso. Una volta, quando era rimasto coinvolto in un piccolo incidente d'auto, la sua famiglia e la sua squadra di SEAL erano venuti da lui in ospedale, ma non appena Abe era stato dimesso, loro erano tornati alle loro case e alle loro vite. Abe non si era sentito trascurato, allora, ma adesso? Quel maledetto tovagliolo significava tutto per lui. Avrebbe voluto averlo conservato. Lo avrebbe incorniciato e appeso alla parete.

Avrebbe voluto chiedere ad Alabama perché lo aveva

fatto. A colpirlo realmente era stato che si fosse comportata in quel modo nel bel mezzo di una situazione pericolosissima. Perdiana, loro due non si *conoscevano* nemmeno. Abe non avrebbe saputo fare il nome di un'altra donna che si sarebbe presa il tempo di pensare a lui in quella stessa situazione. Era parte della natura umana pensare per prima cosa a se stessi. Abe lo aveva constatato innumerevoli volte durante alcune delle missioni di salvataggio, lo aveva sperimentato innumerevoli volte nei Paesi stranieri in cui era stato nel corso degli anni.

Ridacchiò amaramente. Di sicuro, ad Adelaide non era mai importato di come lui stesse o di cosa stesse facendo. Solo una volta all'esterno e al sicuro, quando il soccorritore era venuto da loro, la donna aveva cercato di fingere una qualche preoccupazione per lui. Ma per allora, era già troppo tardi. Decisamente troppo tardi.

Abe aveva ancora molte domande senza risposta, ma il punto era che aveva provato un forte impulso a trovare Alabama Per conoscerla meglio. Per verificare se quell'emozione fosse reciproca. Tex lo aveva preso in giro e avrebbe voluto sapere di più sulla misteriosa Alabama, ma Abe gli aveva detto di farsi gli affari suoi.

Abe aveva dato la caccia alla donna e l'indomani mattina l'avrebbe portata a prendere un caffè. Il suo entusiasmo era quasi patetico. Sperava che avrebbe scoperto di più su di lei. Voleva sapere tutto. Quanti anni aveva, da dove veniva, se aveva fratelli o sorelle... per la miseria, voleva sapere tutto ciò che lei gli avrebbe detto. Ridacchiò fra sé. Sarebbe stato fortunato se la donna avesse detto qualcosa. Alabama era silenziosa come un topolino. Abe non poteva negare che una parte di lui avrebbe voluto che fosse lui a tirarla fuori dal suo guscio. Sentirla chiamare il suo nome con quella voce flebile e melodiosa mentre lui la portava all'orgasmo.

Perdiana, Abe li stava già immaginando a letto insieme e non erano ancora nemmeno usciti. Cercò di trattenere la sua immaginazione iperattiva. Ci sarebbe stato tempo più tardi per quello. Per ora, doveva pensare al modo di convincere Alabama a uscire con lui una seconda volta.

CAPITOLO CINQUE

ALABAMA NON DORMÌ BENE quella notte. Continuò a rigirarsi e non riuscì a smettere di chiedersi perché Christopher le avesse chiesto di prendere un caffè. Temeva che lo stesse facendo perché qualcuno lo aveva sfidato o perché pensava che conquistarla sarebbe stata una bella impresa. Non aveva davvero la più pallida idea del perché lui avesse chiesto a *lei* di uscire. Adelaide era bellissima ed era palese che i due si frequentavano. L'uomo stava forse tradendo Adelaide? Se così fosse stato, Alabama sarebbe rimasta molto delusa. Voleva che Christopher fosse il galantuomo che lei aveva sognato.

Ricominciò a preoccuparsi sul vero motivo di quella richiesta. Una volta, alle superiori, uno dei ragazzi della squadra di football le aveva chiesto se voleva trovarsi con lui alla pista di pattinaggio. Alabama era andata in brodo di giuggiole. Non era il genere di persona che i ragazzi notavano. Aveva trascorso molto tempo a prepararsi e a farsi bella il più possibile. Era persino arrivata in anticipo, da tanto era entusiasta.

Mentre si sedeva e aspettava che il ragazzo arrivasse, si era subito resa conto che c'era sotto qualcosa. Tutti gli altri giocatori di football erano lì, con la maggior parte della squadra delle cheerleader. Erano passati pattinando di fronte al suo tavolo, ridendo e ridacchiando. Dopo aver trascorso un'ora seduta tutta sola a sopportare gli sguardi e le risate, Alabama era uscita a capo chino dall'edificio, umiliata. Più tardi, aveva scoperto che si era trattato di una sorta di rito di iniziazione per quel ragazzo. Il resto della squadra lo aveva sfidato a uscire con "quella strana" della scuola. Lui lo aveva fatto e lo scherzo aveva goduto di lunga infamia nei corridoi della scuola.

Alabama aveva creduto sinceramente che quel ragazzo le avesse chiesto di uscire perché aveva visto qualcosa di meritevole in lei. Solo dopo aver concluso le superiori aveva trovato il coraggio di uscire nuovamente con un uomo. Sfortunatamente, anche quella volta era stato un disastro. Aveva perso la sua verginità con quell'uomo, solo per scoprire più tardi che lui aveva cercato di far ingelosire la sua ex e che lei non gli piaceva nemmeno troppo. Naturalmente, si era "abbassato" ad andare a letto con lei, anche se non era mai stata sua intenzione rivederla. L'intera esperienza era stata imbarazzante, nonché un'altra delusione di una lunga serie per quanto riguardava gli uomini.

Col suo passato, Alabama non riusciva a capire perché Christopher le avesse chiesto seriamente di uscire. Lei era solo una donna delle pulizie, mentre lui era... per la miseria, lei non sapeva cosa lui fosse, ma era certa che, di qualunque cosa si trattasse, lui la facesse molto bene.

Dopo aver trascorso qualche ora a rivoltarsi nel letto e a preoccuparsi fino alla nausea, Alabama giunse alla conclusione che, probabilmente, l'uomo le aveva chiesto di uscire solo per ripicca nei confronti di Adelaide. Decise che, quando lui avrebbe bussato alla porta, lei semplicemente non avrebbe risposto. Avrebbe finto di non essere in casa. L'uomo avrebbe bussato e se ne sarebbe andato. Così, Alabama avrebbe evitato qualunque imbarazzo o umiliazione lui stesse cercando di provocarle.

La mattina, era troppo nervosa per fare colazione. Si era alzata molto presto e stava camminando avanti e indietro per la casa. Alla fine, aveva deciso di indossare un paio di jeans e una maglietta a maniche lunghe con il collo a V. Non si aspettava di vedere Christopher, ma voleva essere pronta, tanto per stare sicura.

All'ultimo minuto, si disse che probabilmente avrebbe dovuto uscire di casa invece che restare dentro e fingere di non esserci, ma quando ciò le venne in mente era ormai troppo tardi.

Alle dieci e un quarto in punto, Christopher bussò

alla porta. Alabama era seduta sul divano a fissare la porta, desiderosa che l'uomo rinunciasse e se ne andasse. Christopher bussò di nuovo e lei udì la sua voce attraverso la porta.

"Alabama? Sei in casa? Suvvia, tesoro. Apri la porta."

Alabama tacque e si morse il labbro in preda alla trepidazione.

"So che sei in casa. Apri la porta e parlami, o almeno fatti vedere, così saprò che stai bene. Se non vieni ad aprire, darò per scontato che l'incendio ti abbia fatta stare più male di quanto sembrasse e dovrò sfondare la porta per entrare e assicurarmi che tu stia bene."

Alabama era combattuta. Dannazione. Doveva aprire. Non voleva pagare per far rimpiazzare la stupida porta. Probabilmente, Christopher l'avrebbe fatto davvero: l'avrebbe sfondata se lei non avesse aperto. Di sicuro, era abbastanza forte da farlo senza nemmeno sudare.

Si recò velocemente alla porta e la aprì di uno spiraglio, proprio come aveva fatto la sera prima. Christopher era appoggiato allo stipite, più sexy di quanto chiunque avesse il diritto di essere. Vestiva un paio di jeans sbiaditi e un paio di scarpe da tennis che avevano visto giorni migliori. Indossava una polo con qualche bottone slacciato al collo e, a completare il suo abbigliamento, aveva in spalla una giacca a vento leggera. I suoi capelli erano in disordine, come se vi avesse passato una mano un paio di volte.

"Ehi, Alabama. Sei pronta a partire?" Abe si stava

comportando come se non le avesse appena detto che avrebbe sfondato la porta se lei non fosse venuta ad aprire.

Alabama sapeva che avrebbe dovuto avere paura di lui – dopotutto, l'uomo l'aveva minacciata, in un certo senso – ma non ci riusciva. Sapeva che Abe non le avrebbe fatto del male. Non aveva idea di come facesse a saperlo, ma era così. Annuì e si allontanò dalla porta per andare a prendere la borsetta.

Abe aprì delicatamente la porta e fece un passo nell'appartamento della donna. Non era molto grande, ma era pulito e aveva un'aria accogliente. C'erano delle tovagliette sul minuscolo tavolo della cucina e due sgabelli spinti sotto il tavolo. C'era un vaso con dei fiori selvatici. L'unica stanza dell'appartamento non aveva molti mobili, ma sembrava comunque un po' troppo piena. Contro una parete c'era un piccolo letto, con una coperta sopra. Di fronte al letto c'era un amorino malconcio. Si trattava palesemente di un mobile di seconda mano, perché era coperto da un lenzuolo e si vedeva che le gambe erano state staccate.

Di fronte al divano c'era un piccolo televisore, appoggiato su un tavolino a sua volta palesemente di seconda mano. Sebbene Abe capisse chiaramente che molte delle cose erano l'avanzo di qualcun altro, la casa non sembrava malridotta. Alabama aveva fatto grandi sforzi per pulire e lucidare tutto. Aveva profuso grande impegno nella sua casa e a lui essa piaceva molto di più dell'appartamento grande, brillante e perfetto di Adelaide.

Abe guardò Alabama recarsi al piano della cucina e prendere una borsetta. Quando lei si voltò, non riuscì a non rimanere colpito. La maglietta scollata che la donna indossava non era per nulla provocante, ma lei aveva comunque un aspetto molto sexy. Abe riusciva a intravedere un accenno di seno e, essendo lui un appassionato in tal senso, capì subito che era tutto naturale. Non si era reso conto fino a quel momento di quanto non gli piacessero le tette rifatte.

Alabama si voltò verso Christopher, che ora si trovava appena oltre la soglia. Era imbarazzata che l'uomo avesse visto il suo piccolo appartamento. Sapeva che non era nulla di speciale, ma era tutto quello che lei poteva permettersi. Aveva lavorato duramente per trovare i mobili giusti per casa sua. Aveva trascorso alcune settimane a passare in rassegna i negozi di seconda mano e le vendite private per trovare le cose più adatte. Non erano nuove, ma erano comode e quella era l'unica cosa importante per lei.

Ma ora, guardando il suo appartamento con gli occhi di Christopher, Alabama si sentì in imbarazzo. Era tutto vecchio. Era tutto malridotto e la cosa era palese. Si incamminò di nuovo verso l'uomo, con lo sguardo fisso sul pavimento, sperando di arrivare alla fine della mattinata e di qualunque umiliazione la attendesse.

Abe prese Alabama per il gomito quando lei gli si

avvicinò. "Mi piace casa tua, Alabama." Rimase stupito quando lei, in risposta, sbuffò. Abe sorrise. Dio, quanto era carina. "No, sul serio: hai fatto un ottimo lavoro per rendere comodo questo posto. So che non è lussuoso, ma ti rappresenta. È comodo e vissuto. Preferirei di molto vivere qui piuttosto che in un luogo freddo, impostato e lussuoso. Hai fatto un ottimo lavoro."

Alabama lo guardò. Diceva sul serio? Vide il piccolo sorriso sul viso dell'uomo mentre questi abbassava lo sguardo su di lei. Wow. Diceva *davvero* sul serio. "Grazie," disse a bassa voce, ricambiando timidamente il sorriso dell'uomo.

Rassicurato che la giovane avesse preso con grazia il suo complimento, Abe la sospinse fuori dalla porta e le tese la mano. "Le chiavi." Ridacchiò di fronte all'espressione confusa di Alabama. "Dammi le chiavi, tesoro. Ti chiudo la porta."

Alabama abbassò lo sguardo sulle chiavi che stringeva fra le mani. Perché l'uomo voleva chiudere la porta di casa sua? Poteva farlo lei. Non disse nulla, ma mise il portachiavi nella mano tesa di Christopher e lo guardò mentre questi infilava la chiave nella toppa e la girava. Quando l'uomo si mise le chiavi in tasca dopo aver fatto, lei non riuscì a stare zitta.

"Ridammele," disse con tutta la severità che le riuscì di usare, senza guardarlo negli occhi e cercando di non cadere in preda al panico.

Abe si era messo le chiavi in tasca senza nemmeno pensarci. Gli era venuto naturale conservarle, avendo in mente di aprirle la porta quando l'avrebbe riportata a casa. Nell'udire il suo tono di voce, ebbe un ripensamento. Alabama era in preda al panico. Era chiaro, specialmente per lui, che era stato addestrato a leggere il linguaggio del corpo. Si mise immediatamente la mano in tasca per prendere il portachiavi.

"Niente panico, dolcezza; eccole qui. Mi dispiace; non volevo spaventarti. Non ci avevo nemmeno pensato. Non stavo cercando di tenerti fuori di casa."

Alabama trasse un sospiro di sollievo e chiuse le dita attorno alle sue chiavi. L'uomo aveva ragione: lei aveva avuto davvero un attacco di panico. Una volta, si era trovata in una casa affidataria dove i genitori non davano le chiavi ai bambini a loro affidati. Aveva trascorso un sacco di tempo sul gradino aspettando che loro tornassero a casa e aprissero la porta. Si era sentita una sconosciuta in casa sua. Una sera, era rimasta chiusa fuori per tutta la notte perché i genitori erano andati a fare una scampagnata e non le avevano detto nulla. Da quel momento in poi, non le era mai piaciuta l'idea di non avere un modo per entrare in casa. Rivolse all'uomo un cenno carico di imbarazzo e ringraziamento e si mise le chiavi nella borsetta.

Abe accompagnò Alabama alla sua macchina, una comunissima berlina a quattro portiere. Per qualche motivo, Alabama aveva pensato che la sua auto fosse un po' più appariscente.

L'uomo doveva aver letto la sua confusione, perché le

disse, senza il minimo imbarazzo: "So che non è granché, ma preferisco l'utilità alle apparenze."

Quando raggiunsero il lato del passeggero, Abe aprì la portiera e attese che Alabama si mettesse comoda. Quindi prese la cintura e gliela porse.

Alabama prese la cintura senza dire una parola e guardò Christopher girare attorno alla macchina. Continuò a guardarlo mentre lui si sedeva al posto di guida e vi si accomodava.

Quando l'uomo la guardò e vide che lei lo stava guardando, le rivolse un piccolo sorriso e chiese: "Cosa c'è?"

Alabama si limitò a sorridergli timidamente e scosse la testa. Non riusciva esprimere a parole ciò che provava, anche quando non era reticente a parlare.

Abe non insistette; si limitò ad avviare la macchina e ad allontanarsi dal condominio. Non parlarono durante il tragitto, ma il silenzio non fu imbarazzante. Alabama si sentiva al sicuro con lui. Abe era un buon guidatore. Non era imprudente; non andava troppo piano, ma non era nemmeno un pazzo furioso.

Si fermarono di fronte al caffè locale. L'edificio era piccolo e carino e il locale si chiamava semplicemente *Caffè e altro*. Alabama ci era stata qualche volta, in passato, e le erano piaciuti i piccoli snack e i caffè aromatizzati che il locale offriva.

Abe parcheggiò e le parlò. "Resta lì. Vengo ad aprirti la portiera." Attese che Alabama annuisse prima di uscire e raggiungere il suo lato. Le aprì la portiera e la sostenne per un braccio mentre lei usciva dal sedile del passeggero.

Mentre si incamminavano verso l'ingresso del locale, Alabama sentì la mano di Christopher in fondo alla schiena. L'uomo non la stava palpeggiando, ma solo conducendo con sicurezza dove voleva che lei andasse, senza starle di fronte. Era piacevole. Era trascorso molto tempo dall'ultima volta in cui era stata toccata. Viveva un'esistenza solitaria e non era mai stata toccata con affetto. Non ne aveva sentito la mancanza fino a quel momento, con la mano di Christopher che le scaldava la schiena.

Abe aprì la porta e seguì Alabama nel piccolo locale. L'interno era carino quanto l'esterno.

Su un lato della stanza c'erano il bancone e la zona cucina. Il resto era colmo di posti a sedere. C'erano alcuni amorini con grossi cuscini morbidi. C'erano anche alcuni tavoli sparsi per la stanza. Alcuni di essi erano quadrati, altri rotondi. C'era persino un lungo tavolo contro una parete con delle prese lungo il muro dietro di esso, per chi voleva usare il computer mentre si godeva un caffè. Sul pavimento c'erano due tappeti circolari dai colori accesi. Illuminavano la stanza e la facevano sembrare più accogliente.

I disegni alle pareti erano stati palesemente realizzati da bambini. Erano incorniciati e laccati come se fossero opera di maestri della pittura. Alabama aveva sentito dire che il proprietario organizzava tutti gli anni una gara e il bambino vincitore poteva vedere il suo disegno appeso alla parete. Il posto era accogliente. La musica non era troppo alta. Era un luogo in cui la gente poteva rilassarsi. Lei aveva sempre adorato il caffè ed era felice che Christopher avesse scelto quel posto.

Ancora non era sicura del perché lui avesse deciso di portarla lì, ma per il momento le andava bene così.

"Cosa posso portarti, dolcezza?" chiese l'uomo, accompagnandola al bancone.

"Un *vanilla latte*[1], per favore."

"Nessun problema. Vuoi anche qualcosa da mangiucchiare?" Quando lei scosse la testa, l'uomo disse: "D'accordo, ci penso io. Tu scegli un posto dove vuoi sederti. Arrivo subito."

Alabama esitò per un breve istante. Aveva la sensazione che avrebbe dovuto offrirsi di pagare o qualcosa del genere, ma sapeva che probabilmente l'uomo si sarebbe offeso. Mentalmente, si strinse nelle spalle. Era solo un caffè, dopotutto.

Si recò a un piccolo tavolo circolare che si trovava vicino alla parete all'estremità opposta del ristorante e si sedette rivolta verso la stanza. Guardò Christopher raggiungerla al tavolino non molto dopo. L'uomo aveva due caffè e un sacchettino.

Quando Christopher arrivò al tavolo, Alabama attese che prendesse posto e le dicesse subito quello che voleva dirle.

Abe posò le bevande sul tavolo assieme al sacchetto coi muffin. Quando non si sedette, Alabama lo guardò. Abe sembrava a disagio. Si passò una mano sulla nuca.

Alla fine, disse: "Dolcezza, non voglio metterti a disagio, ma non riesco a sedere dando le spalle alla sala."

Alabama non capì. Gli rivolse un'occhiata perplessa.

"Sono un Navy SEAL. Mi hanno addestrato a essere costantemente consapevole dell'ambiente circostante. Non riesco a dare le spalle alla sala. Devo sedermi dove posso vedere quello che succede. Saresti disposta a fare a cambio di posto?"

Alabama capì. Ma *certo* che Christopher era un militare. Avrebbe dovuto rendersene conto. Lei aveva preso il posto con le spalle al muro, lasciando l'uomo la sedia dalla parte opposta del tavolino. Si alzò velocemente, mormorando: "Scusa," mentre girava attorno a Christopher per prendere l'altra sedia.

Abe la bloccò e le mise una mano sotto il mento, costringendola a guardarlo. "Non scusarti, dolcezza; non lo sapevi. Se vuoi, possiamo sederci entrambi da quella parte." Non le diede la possibilità di accettare o rifiutare, ma le mise una mano sulla vita e, delicatamente, la spinse di nuovo verso il tavolino. Poi afferrò la sedia che lei aveva appena lasciato vacante e la allontanò di una trentina di centimetri. Quindi, si chinò, prese l'altra sedia e la mise accanto alla parete, vicino alla prima.

Le mise poi una mano sulla vita e la diresse verso la sedia più lontana. Dopo che le si fu seduta, l'uomo prese posto a sua volta sulla sedia accanto alla sua. Si stava un po' stretti. Il ginocchio di Christopher sfiorava quello di Alabama e il suo braccio toccava quello di lei mentre si sedevano. L'uomo prese il sacchetto e ne tirò fuori due muffin. Ne mise uno su un tovagliolo di fronte a lei; era quello più grosso. Spinse di fronte ad Alabama il *vanilla latte* prima di imbandire a sua volta il suo cibo.

Quindi, si voltò verso di lei e disse: "Dai, parlami di te. Voglio sapere tutto."

CAPITOLO SEI

Alabama guardò sconvolta Christopher. Dirgli tutto di lei? Assolutamente no. L'uomo non voleva davvero saperlo.

Di fronte all'occhiata incredula della donna, Abe ridacchiò. "Vado troppo in fretta? D'accordo, facciamo che comincio io."

Alabama non sapeva cosa stesse succedendo. Aveva pensato che l'uomo volesse solo ringraziarla. E ora voleva sapere tutto di lei? E voleva dirle tutto di sé? Non ci capiva nulla.

"Sai già che mi chiamo Christopher Powers. Ho due sorelle, entrambe più piccole di me. Ho trentaquattro anni. Sono un Navy SEAL. I miei compagni mi chiamano Abe. Amo il mio lavoro perché amo il mio Paese. Ma a volte non mi piace quello che vedo quando faccio il mio lavoro. Non sono mai stato sposato; non ci sono mai nemmeno andato vicino. Ho avuto una sola relazione seria in vita mia, quando avevo sedici anni." L'uomo fece una pausa e sorrise, quindi proseguì. "Ho visto molte cose nella vita e mi sono comportato spesso da macho, ma nulla mi ha colpito più di te nel bel mezzo di quella stanza che stava bruciando. Hai mantenuto la lucidità, hai salvato un mucchio di vite, hai salvato la *mia* vita. Grazie."

Alabama non sapeva cosa dire. Distolse lo sguardo dall'uomo per posarlo sul tavolo e sul muffin che aveva fatto a pezzi con le dita mentre lui parlava.

Abe allungò la mano e infilò le dita sotto il mento della donna, facendole alzare la testa in modo che lei tornasse a guardarlo negli occhi. Dio, era fantastico. La maggior parte delle donne che lui aveva conosciuto in passato avrebbero fatto sorrisetti e moine e avrebbero preso le sue parole come un invito per stringersi a lui e cercare di insinuarsi nella sua vita. Non Alabama. Le parole di Abe la mettevano a disagio e lei cercava di nasconderlo. La pelle sotto le sue dita era calda e liscia. Abe avrebbe voluto appoggiarle una mano sulla guancia, ma sapeva che, in quel momento, ciò sarebbe stato troppo per lei. Meglio aspettare ancora un po'.

"Non l'ho detto per metterti in imbarazzo, dolcezza. Volevo solo farti sapere quanto apprezzo quello che hai fatto per me. Sono un SEAL grosso e cattivo; nessuno si prende cura di me. Ma quando tu lo hai fatto, è stato fantastico. Per cui, grazie."

Alabama si limitò ad annuire. Dio. Era... non sapeva cos'era. Tutte le volte che lui la chiamava "dolcezza", lei aveva un tuffo al cuore. Nessun uomo le aveva mai parlato come se lei fosse importante, come se lui non volesse essere da nessuna parte che in sua compagnia. Le venne la pelle d'oca sulle braccia. La mano di Christopher sulla pelle era piacevole. Alabama avrebbe voluto appoggiarsi a lui, sentire la sua mano fra i capelli, ma non lo conosceva. Probabilmente, l'uomo le era semplicemente grato; aveva detto così, dopotutto.

"Ehm... prego," riuscì a squittire.

Abe le lasciò il mento e le prese la mano. Intrecciò le dita alle sue e le strinse la mano. "D'accordo, ora tocca a te. Parlami di te."

Alabama rimase di sasso. Non poteva. Non era minimamente interessante. Si guardò attorno nervosamente, per abitudine. Crescendo, si era sempre assicurata che sua madre non fosse nei paraggi quando lei aveva bisogno di dire qualcosa. Detestava che lo facesse ancora, ma non riusciva ad abbandonare quell'abitudine. Era capitato troppe volte che sua madre la cogliesse alla sprovvista perché lei potesse trattenersi dal farlo. Non avendo visto nessuno che somigliasse a sua madre, Alabama si voltò nuovamente con cautela verso Christopher.

"Mi chiamo Alabama Smith. Ho trent'anni. Vivo qui da diversi anni. Non ho famiglia. Sono sola." Si interruppe. Cos'altro poteva dirgli? Non aveva niente da aggiungere. Non aveva un buon lavoro. Era semplicemente... se stessa.

"Vai avanti, dolcezza," la incoraggiò Abe. "Dimmi di più. Voglio sapere tutto."

"È tutto qui. Non c'è molto da dire su di me."

"Ne dubito fortemente. Alabama, tu sei fantastica. Hai ricavato una casa da un minuscolo appartamento che la maggior parte delle persone disprezzerebbe. Questa settimana, hai salvato le vite di dozzine di persone. Sei bellissima. Voglio sapere tutto di te. Il tuo colore preferito, il tuo cibo preferito, cosa ti piace leggere, dove sei andata a scuola... tutto. Magari non oggi, ma mi piacerebbe rivederti. Voglio conoscerti meglio."

Alabama non poté che rimanere a bocca aperta. Cosa diavolo voleva da lei quell'uomo magnifico? La stava prendendo in giro? Come alle superiori? Non riuscì a trattenere le parole che le uscirono in seguito dalla bocca.

"Hai perso una scommessa?"

Sotto lo sguardo di Abe, Alabama arrossì. Era dannatamente carina, ma a lui non piacevano i sottintesi della sua domanda. Le diede nuovamente una strizzatina alla mano e passò il pollice sul dorso. Di sicuro non gli piacevano la scarsa autostima della donna e ciò che poteva esserle accaduto nella vita per ridurla in quelle condizioni.

"No, dolcezza. Sono qui perché io ti vedo. Sono qui perché mi piace quello che vedo. Voglio conoscerti meglio perché nessuno mi ha mai fatto l'effetto che mi fai tu. Io non sono un ragazzo che si trastulla; sono un uomo. Sono un uomo che ha visto una donna che ha catturato il suo interesse e che vuole conoscerla meglio."

"Non capisco." Alabama era frustrata, perché non riusciva a esprimere a parole quello che voleva dire. Sapeva che aspetto aveva. Non era un obbrobrio, ma non era nemmeno come Adelaide. Non era elegante, non era meravigliosa, non era... non era come le donne con cui immaginava che Christopher doveva essere stato.

Cambiando posizione in modo da stare seduto di sbieco sulla sedia, Abe fece voltare anche Alabama. Allungò semplicemente una mano e spostò la sedia su cui lei era seduta. Spinse la sua sedia vicino a quella di lei, così che la donna non avesse altra scelta che allargare le gambe per fargli spazio. Era una posizione intima. Abe prese l'altra mano della donna, facendo sì che fossero seduti rivolti l'uno verso l'altra. Alabama si rese conto che il suo respiro aveva accelerato e che il suo cuore stava battendo all'impazzata. Santa polenta. Christopher era intenso, ma in senso buono.

"Alabama, guardami. Ti sembra che io abbia problemi a trovare una donna?" Abe non stava facendo lo sbruffone; voleva solo farle capire una cosa. Quando la donna scosse la testa con enfasi, lui ridacchiò e poi proseguì.

"Esatto. Sono qui perché voglio essere qui. Le donne come Adelaide sono belle a vedersi, questo è certo, ma non sono granché dentro. Mi vogliono perché sono un SEAL. Mi vogliono perché ho i muscoli. Mi vogliono perché pensano che io possa dare loro qualcosa. Non credo che tu mi veda allo stesso modo. Ho ragione?"

Alabama annuì lentamente. No, lei non lo vedeva assolutamente in quel modo. Se avesse avuto un minimo di cervello, avrebbe scelto un uomo nerd e invisibile, proprio come lei. Non aveva idea del perché avesse provato un'attrazione istantanea nei confronti di Christopher, sapeva solo che era così.

"Adelaide non è una persona buona, Alabama. Lo sapevo prima di ieri sera e avevo già intenzione di rompere con lei. Mi aveva invitato a quella festa solo per mettermi in mostra. Ma tu, tu mi hai *visto*. Anche quando ho fatto una stupidaggine, tu mi hai perdonato immediatamente." Di colpo, Abe cambiò argomento, cercando di trovare un modo per farsi capire dalla donna timida seduta di fronte a lui.

"Ho salvato centinaia di vite. Sono entrato in situazioni che a te potrebbero venire in mente solo negli incubi. L'incendio dell'altra sera non era nulla rispetto a ciò che ho passato. Ho visto dove stavano gattonando le altre persone con cui parlavi e stavo per andare io stesso da quella parte, quando tu sei apparsa dal fumo. Nessuno, tranne mia madre quando ero bambino e i miei compagni di squadra, mi ha mai dato il sostegno che mi hai dato tu. Tu hai rischiato la vita per me. Per *me*. Credi che non mi sia accorto che hai attraversato la stanza per venire da me invece di salvarti il culo? Beh, me ne sono accorto. È per questo che voglio conoscerti. È per questo che credo che tu sia migliore delle donne come Adelaide. Sei una persona buona; è questo che ho visto quella sera. È questa la persona che voglio conoscere. Me lo permetterai, giusto? Mi permetterai di portarti fuori in un vero appuntamento?"

Alabama non riuscì a far altro che fissare il bell'uomo che aveva di fronte. Non era ancora del tutto sicura di credere che egli stesse dicendo la verità. Era semplicemente Alabama. Una donna ferita che aveva avuto un'infanzia di merda, ma che non riusciva a non *volergli* credere. A non *voler* vivere una favola.

Non si poteva negare che Christopher fosse un bell'uomo. Era alto. Alabama avrebbe preferito che avesse i capelli un po' più lunghi, ma era innegabile che il taglio corto da militare gli stesse bene. Era muscoloso dappertutto. Probabilmente, non aveva nemmeno un filo di grasso. Era in forma smagliante e pronto a intraprendere qualunque futuro con la sua squadra. Ma nonostante l'aspetto esteriore, lei voleva credere che fosse un uomo buono. Quando lui aveva parlato delle sue sorelle, Alabama aveva sentito l'orgoglio nella sua voce. Sapeva che essere membro di una squadra SEAL era uno dei mestieri più duri nelle forze armate. Christopher metteva a rischio la vita tutti i giorni per il suo Paese e, nella maggior parte dei casi, nessuno avrebbe mai saputo quanto fosse pericoloso il suo lavoro.

"Grazie per quello che fai per il nostro Paese," disse di getto , senza pensare. Poi, si schiaffeggiò mentalmente la fronte. Dio, quanto era stupida. Lui le aveva appena chiesto di rivederla e lei se ne era uscita con quella scemenza.

Abe si limitò a sorridere e si portò alla bocca una delle loro mani giunte. Baciò il dorso della mano di Alabama e vi si soffermò con le labbra per un istante, guardandola negli occhi. "Grazie, dolcezza. Ora... per quanto riguarda quell'appuntamento..."

"Sì."

Il sorriso che si fece largo sul volto dell'uomo era abbagliante. "Non era così difficile, eh? Scambiamoci i numeri di cellulare; organizzerò tutto e ti chiamerò." Quando Alabama si acciglio immediatamente, lui chiese: "Che succede? Cosa c'è?"

"Io non ho un cellulare," ammise timidamente lei. Non poteva permetterselo. Le sarebbe costato cento dollari al mese; troppi. Che imbarazzo. Ormai, *tutti* avevano un cellulare. Ma non avendo molti amici, lei non ne vedeva la necessità. Aveva il telefono fisso nell'appartamento, ma non aveva mai posseduto un cellulare.

"Ma ce l'hai un telefono a casa?" Quando la donna annuì, Abe proseguì. "Nessun problema, allora; dammi quel numero. Io ti darò il mio e ti chiamerò. D'accordo?"

Christopher capì che Alabama era in imbarazzo per il fatto di non avere un telefono cellulare e cercò di sminuire la cosa il più possibile. In verità, era stupito. Non aveva mai conosciuto nessuno che non avesse un cellulare. Ma non aveva la minima intenzione di farglielo sapere. Non voleva metterla in imbarazzo più di quanto avesse già fatto.

Non gli piaceva l'idea che Alabama non avesse la possibilità di contattare qualcuno in caso di emergenza. Poteva capitarle di tutto: un guasto all'auto, un incidente... la visita di un ladro... tutte le disgrazie possibili gli attraversarono la mente una dopo l'altra. Pensò a Caroline; perdiana, qualcuno si *era* introdotto nel suo appartamento. Se non avesse avuto il cellulare, la polizia sarebbe potuta non arrivare in tempo.

Abe non riuscì a non immaginare Alabama bloccata da qualche parte, senza un modo per contattare qualcuno... in particolare, lui.

La vista dell'espressione sul volto dell'uomo spinse Alabama a voler dare spiegazioni. "Ho in mente di prendere uno di quei telefoni ricaricabili da usare per le emergenze, ma non l'ho ancora fatto."

"È tutto a posto, dolcezza. Non mi devi spiegazioni. La gente, oggi, dipende troppo dal cellulare. Non si ferma a parlare con le persone; ha sempre lo sguardo fisso su quel piccolo schermo per vedere cosa ha scritto su Twitter chissà quale attore troppo pagato di Hollywood."

Abe sorrise ad Alabama quando la vide rilassarsi leggermente. Dio, non desiderava che prenderla fra le braccia, portarla a casa e nasconderla dal mondo intero. Nulla, in vita sua, l'aveva preparato a lei. Ma non aveva intenzione di tirarsi indietro, non importava quanti rischi stesse correndo. E Alabama avrebbe avuto quel telefono prima di rendersene conto, quello era certo. Ci avrebbe pensato lui.

"D'accordo. Ti chiamo stasera?" Abe attese che la donna gli rivolgesse un cenno affermativo, poi proseguì. "Programmerò qualcosa per venerdì. Sei libera quel giorno? La mattina devo andare alla base per l'addestramento fisico, ma poi ho il fine settimana libero, purché non ci chiamino. Purtroppo, può sempre succedere. La cosa ti turba?"

Alabama ci pensò su. La cosa la turbava? Sì, ma non come probabilmente pensava l'uomo. Si guardò ancora una volta attorno, furtivamente, assicurandosi che parlare fosse sicuro, poi si rivolse a lui con più onestà di quanto probabilmente avrebbe dovuto usare a quel punto della loro relazione, qualunque fosse la loro relazione.

"Sì, non perché non potresti portarmi fuori, ma perché se ti mandano in missione, so che sarà pericoloso. E mi preoccuperò per te."

Ad Abe non piaceva che Alabama controllasse costantemente la sala prima di rispondere, ma lasciò perdere per il momento, concentrandosi invece sulle sue parole. "Grazie perché ti preoccupi per me, dolcezza. Ma io sono addestrato. I miei compagni sono addestrati. Loro mi guardano le spalle e io le guardo a loro. So che non ci conosciamo ancora bene, ma devi capire una cosa: io farò tutto il possibile per tornare indietro sano e salvo. Credo di aver appena scoperto un altro motivo per tornare a casa vivo."

Alabama arrossì violentemente. Porca miseria. Quell'uomo era davvero intenso. L'intera conversazione era intensa. Era assurdo. Come diavolo poteva Christopher provare quei sentimenti per lei, quando non la conosceva nemmeno? Per la miseria, come poteva lei sentirsi in quel modo quando c'era di mezzo lui?

Abe adorava il rossore che si era diffuso sul volto di Alabama. Cristo, quant'era carina. Cercando di alleggerire la situazione, le lasciò con riluttanza le mani e spostò leggermente la sedia. "Dai, finiamo di fare colazione e ti riporto a casa. Sfortunatamente, oggi devo fare alcune cose alla base, ma questa sera ti chiamerò."

Alabama si appoggiò all'interno della porta del suo appartamento e ascoltò Christopher che si allontanava lungo lo squallido corridoio del suo condominio. Avevano finito i muffin e il caffè e lui l'aveva accompagnata a casa. Aveva insistito per scortarla fino alla porta. Alabama era nervosa, chiedendosi se lui l'avrebbe baciata. Non lo aveva fatto, ma le aveva preso il volto fra le mani e aveva appoggiato per un istante la fronte alla sua.

"Chiudi la porta a chiave, dolcezza. D'accordo? Voglio sentire il catenaccio."

Era una cosa strana da dire in una posizione tanto intima, ma lei si era limitata ad annuire. Christopher aveva tratto un respiro profondo e si era raddrizzato, senza toglierle le mani dal viso. Alla fine, le aveva passato una mano sui capelli e con l'altra le aveva stretto delicatamente la spalla. "Ci sentiamo dopo."

Alabama sapeva che l'uomo aveva atteso fuori dalla sua porta fino a quando non l'aveva sentita chiudere a chiave e tirare il catenaccio. Poi, si era incamminato lungo il corridoio.

Alabama scivolò lungo la porta abbracciandosi le ginocchia. Wow quella mattinata era stata surreale. Sorrise tra sé. Surreale in senso buono. No, *fantastico*.

CAPITOLO SETTE

ALABAMA AVEVA PASSATO la giornata col pilota automatico inserito. Non aveva ancora contattato gli Wolfe per chiedere del suo posto di lavoro, ma era la prima cosa che aveva intenzione di fare l'indomani. Aveva procrastinato, ma non poteva continuare a farlo.

Aveva trascorso la giornata a perdere tempo nel suo appartamento, senza fare nulla di importante. L'aveva pulito da cima a fondo, aveva fatto tutto il bucato, comprese lenzuola e asciugamani, aveva persino pulito il gabinetto. Aveva cercato di leggere per un po', ma i romanzi d'amore che leggeva di solito non riuscivano a mantenere la sua attenzione.

Christopher l'avrebbe chiamata? Aveva *detto* che avrebbe chiamato, ma lei ancora non credeva che lo avrebbe fatto davvero. Persino dopo tutto ciò che lui le aveva detto quella mattina, le veniva difficile crederci. A un certo punto, aveva cominciato a guardare *Bella da morire* per cercare di contenere l'eccitazione. Una volta, aveva comprato un blocco di film a una vendita privata e non se n'era mai pentita. Aveva trovato dei grandi classici come *La storia fantastica*, *La leggenda di un amore* e persino qualche vecchia stagione della *Casa nella prateria*.

Alabama pensò alla telefonata presumibilmente imminente. Sebbene fosse vero che aveva un problema a parlare con la gente, parlare al telefono era più facile... purché lei avesse modo di chiudersi in una stanzetta. In quel modo, si sentiva al sicuro. Se era in casa sua, rinchiusa dove la mamma non poteva trovarla, non aveva problemi a parlare. Alabama sapeva di aver bisogno di terapia, probabilmente, ma in quel momento non era una priorità per lei.

Proprio quando il film arrivò al punto in cui cominciava il primo concorso di bellezza, le suonò il telefono. Si spaventò a morte, anche se in parte se lo aspettava. Doveva essere Christopher; nessun altro la chiamava. Mai.

Alabama mise in pausa il film, afferrò il cordless e si mise nel suo lettino. Si guardò attorno un'ultima volta, per assicurarsi di essere sola. Ma certo che lo era. Era sempre sola.

Si accoccolò sotto le coperte, si sdraiò su un fianco e si raggomitolò su se stessa prima di premere finalmente il pulsante per accettare la chiamata.

"Pronto?"

"Salve, dolcezza. Sono Abe."

Alabama ridacchiò. "Lo so. Ho riconosciuto la tua voce."

"Dovresti farlo più spesso," disse Abe.

"Cosa?"

"Ridere. Hai una risata bellissima."

Alabama arrossì; l'uomo riusciva a metterla in imbarazzo anche quando non era fisicamente di fronte a lei. "Grazie, credo. Com'è andata la giornata?"

Abe era felicissimo che Alabama stesse parlando con lui. Non era sicuro che lo avrebbe fatto, dopo aver approfondito la sua conoscenza quella mattina. Non era una che amava parlare; quello era ovvio. Abe aveva avuto una mezza paura che, quando l'avrebbe chiamata, avrebbe parlato perlopiù da solo. Rimase piacevolmente sorpreso. "È andata bene. Mi sono esercitato con la mia squadra, ho partecipato a qualche riunione e ho cenato col mio amico Wolf e la sua donna, Ice."

"Wolf? Ice?" chiese Alabama.

"Sì. Ricordi che ti avevo detto che mi chiamano Abe? Beh, il soprannome di Matthew è Wolf. La sua ragazza si chiama Caroline, ma si è guadagnata il nomignolo di 'Ice'. Tutti i membri della squadra hanno un soprannome. Nella maggior parte dei casi, si tratta di qualcosa che riguarda quella persona. Matthew si è guadagnato il nome Wolf per via di tutto quello che mangiava durante l'addestramento per diventare SEAL. Divorava il suo cibo e veniva a prenderne dell'altro. Mangiava come un lupo. E il nome è rimasto."

Alabama adorava ascoltare Christopher che parlava

dei suoi amici. La voce dell'uomo era carica di passione. Era evidente che amava quello che faceva e che gli piacevano molto le persone con cui lavorava. "Perché Ice? Anche lei fa parte della vostra squadra?"

"Non esattamente. L'abbiamo conosciuta un po' di tempo fa, quando eravamo su un volo diretto in Virginia. Lei ha salvato le vite di tutti i passeggeri. Dei terroristi avevano drogato il ghiaccio con cui avevano preparato le bevande e stavano progettando di dirottare l'aereo. Ice è un chimico e si è resa conto di quello che stava succedendo. Per caso, Wolf era seduto accanto a lei ed è riuscito a comunicarci quello che stava succedendo, così noi siamo riusciti a sventare il piano dei terroristi. Quei due ne hanno passate di cotte e di crude, ma tutto è bene quel che finisce bene. Sono felici come delle pasque e io sono orgoglioso di considerarli entrambi miei amici."

Alabama sorrise. Si era spaventa da morire nel sentire che Christopher era quasi morto, ma era felice che avesse degli amici tanto fantastici. "Ricordo di averlo visto al telegiornale. Sono davvero felice di sapere che state tutti bene. Perché ti chiamano Abe?"

Abe rise. "I ragazzi hanno cominciato a chiamarmi così perché non sopporto quando la gente mente. Preferisco che le persone siano oneste con me. Voglio la verità, anche quando è robaccia che preferirei non sentire."

Alabama esitò. Non sapeva esattamente perché volesse essere onesta al cento per cento con lui. Si vergognava del suo passato. Da una parte, sapeva che non era colpa sua, ma se la sua stessa madre non la voleva, com'era possibile che qualcun altro lo facesse?

"Dolcezza? Ci sei ancora?"

"Ci sono."

"Va tutto bene?"

"Sì."

"Ti sei presa paura, vero?" Quando lei non disse nulla, Abe proseguì. "Non farlo, per favore. Non mi aspetto che tu mi apra il cuore subito. Voglio sapere tutto di te, ma non voglio che tu menta. Quando ti sentirai a tuo agio, potrai parlarmene."

"Come fai a sapere che ho qualcosa da dire?"

"Dolcezza, ho frequentato abbastanza persone che soffrono di sindrome da stress post-traumatico per riconoscerla." Quando Alabama fece per interromperlo, lui glielo impedì. "No, tranquilla. Non so cosa ti sia successo, ma non mi importa. Tu mi piaci. Mi piace che tu sia pacata e che pensi prima di parlare. Non mi piace che tu ti guardi attorno per vedere chi c'è nella stanza prima di parlare e spero che mi racconterai il perché, un giorno, ma non temere: non è un problema per me. D'accordo?"

"Dici sul serio?" Alabama non credeva alle sue orecchie. Com'era possibile che quell'uomo la conoscesse, senza conoscerla davvero? Era qualcosa di inquietante.

"Dico sul serio." Cristopher sapeva che Alabama si stava spaventando; era l'ultima cosa che voleva. "Parlami della tua giornata," disse, cambiando argomento, nella speranza di farla sentire più a suo agio.

Alabama parlò con Christopher per due ore filate. Parlarono del più e del meno, delle cose poco importanti di cui parlava la maggior parte delle persone quando si conosceva. Lei scoprì che il piatto preferito di Christopher era una bella bistecca alta e succosa, e lui scoprì che lei adorava andare al cinema da sola nel fine settimana e perdersi in un buon thriller.

"È stato davvero bello parlare con te," mormorò Abe. "Ma devo andare. Domani mattina ho l'addestramento e tu hai bisogno di dormire un po'."

"D'accordo, Christopher. Grazie per aver chiamato. Mi è piaciuto davvero tanto."

"È stato un piacere. Avrebbe potuto essere migliore solo se fossimo stati faccia a faccia. Mi farò sentire presto per il nostro appuntamento di venerdì, d'accordo?"

"D'accordo."

"Dormi bene. Penserò a te."

"Buona notte."

"Ciao."

Alabama mise giù e si strinse il telefono al petto. Non si era mai sentita così in tutta la sua vita. Le sembrava di aver importanza. Non aveva mai avuto importanza per nessuno, fino a quel momento. Era bello.

CAPITOLO OTTO

ALABAMA AVEVA APPENA FINITO di parlare con Stacey Wolfe. La donna era stata felice di avere sue notizie e aveva espresso i suoi ringraziamenti per ciò che lei aveva fatto per salvare delle vite la sera dell'incendio. Aveva rassicurato Alabama, dicendole che aveva ancora un lavoro. Gli Wolfe stavano prendendo in affitto un edificio vicino a quello bruciato, fino a quando non avrebbero potuto ricostruire. Nel giro di una settimana sarebbe stato tutto pronto e Alabama sarebbe potuta tornare a lavorare.

L'azienda le avrebbe persino pagato la settimana di lavoro che non avrebbe svolto. Era più che generoso. Alabama non sapeva quasi cosa fare durante quella vacanza inaspettata. Avrebbe preferito tenersi occupata, per non dover pensare all'appuntamento imminente.

Non aveva visto Christopher da quando erano andati a bere il caffè, ma avevano parlato al telefono altre due volte. La prima volta era stata una conversazione breve. Christopher aveva chiamato tra una riunione e l'altra solo per salutarla. Alabama era rimasta così sconvolta che non aveva saputo cosa dire, ma per fortuna a Christopher la cosa non era sembrata dispiacere.

La seconda volta era stata un'altra telefonata a tarda sera, durante la quale loro due avevano parlato per un altro paio d'ore. Alabama aveva imparato più cose delle sorelle e della madre dell'uomo e di quanto esse fossero importanti per lui. Christopher le aveva persino detto che voleva fargliele conoscere. Sapeva di averla messa a disagio e si era affrettato a rassicurarla, dicendole che a loro lei sarebbe piaciuta moltissimo.

Avevano parlato ancora per un po' prima di terminare la chiamata. Alabama gli aveva persino confessato, in parte, perché riusciva a parlargli al telefono, ma aveva difficoltà a parlare in pubblico. Gli aveva detto che, da sola, non doveva preoccuparsi che ci fosse qualcuno nei paraggi che l'ascoltava e la giudicava. Christopher aveva cercato di dirle che non importava cosa gli altri pensavano di lei, ma dato che quella non era l'unica ragione per cui lei era più a suo agio a parlargli al telefono, al sicuro in casa sua, Alabama non aveva fiatato.

Christopher aveva ribadito che avrebbe pensato a lei prima di lasciare che fosse Alabama a mettere giù.

Quel giorno era venerdì ed era l'ora del loro appuntamento. Christopher non aveva voluto dirle molto riguardo a dove sarebbero andati; le aveva solo detto di indossare abiti comodi e di portare una felpa.

Abe era nervoso. Era da molto tempo che non provava sentimenti del genere nei confronti di una donna. I suoi compagni, soprattutto Wolf, lo avevano sfottuto spietatamente. Avrebbero voluto tutti fare la conoscenza di Alabama, ma lui aveva detto loro che avrebbero dovuto aspettare. Sapeva che Alabama era timida con le persone e non voleva che venisse sopraffatta dai suoi amici prima che lui si assicurasse che fosse sua.

Abe aveva progettato una giornata interessante per loro, sapendo che se Alabama si fosse goduta la giornata, si sarebbe rivelata davvero la donna giusta per lui. Si sentiva un po' in colpa per il modo in cui aveva intenzione di metterla alla prova, ma si era lasciato gabbare troppe volte da donne alle quali aveva creduto di piacere per quello che era, ma che avevano solo finto interesse in ciò che gli piaceva. Nel profondo, sapeva che Alabama non era così, per cui quella non era tanto una prova quanto un modo per trascorrere del tempo piacevole con una donna fantastica.

Abe scosse la testa mentre si fermava di fronte al condominio dove viveva Alabama. Faceva davvero schifo. Ma lui non aveva intenzione di fare commenti, perché aveva intuito che lei non guadagnava molto e sperava che un giorno si sarebbe aperta e gli avrebbe parlato più di sé. Non sapeva nemmeno cosa facesse per vivere, tranne che aveva qualcosa a che fare con la Wolfe Realty.

Spostò il pacchetto dal sedile del passeggero a quello

posteriore prima di uscire dall'auto e salire al piano di Alabama. Bussò una volta sola e la porta si aprì quasi subito. Abe sorrise. Alabama aveva un aspetto fantastico. Indossava un paio di jeans vissuti e una maglietta attillata col collo a V, come al solito. La maglietta era di un viola intenso e aveva una scollatura molto profonda. Con una felpa bianca sottobraccio, si era vestita proprio come lui le aveva chiesto. Abe ne era felicissimo.

Alabama era nervosissima. Non aveva idea di cosa avrebbero fatto quel giorno, ma si fidava di Christopher. Probabilmente non avrebbe dovuto, ma che diamine, se non poteva fidarsi di un Navy SEAL, di chi poteva fidarsi? Aveva provato tre maglie diverse prima di scegliere quella viola. Le dava la sensazione di rendere le sue guance più "briose" e quel colore le era sempre piaciuto.

Christopher aveva un bell'aspetto. Indossava un paio di pantaloni cargo color cachi e una maglietta con le maniche lunghe. La maglietta non era aderente come quelle di chi amava mettersi in mostra, ma era abbastanza stretta. Alabama riusciva a intravedere la definizione delle sue braccia. Christopher aveva un fisico eccellente. Dio, davvero eccellente. Ai piedi portava un paio di stivali da combattimento. Quando le aprì la porta, era appoggiato allo stipite. Se avesse cercato di venderle qualcosa, lei lo avrebbe comprato all'istante.

Alabama uscì dall'appartamento e non si stupì quando Christopher tese la mano per chiederle le chiavi. Ricordava che lui aveva fatto la stessa cosa quando era venuto a prenderla la prima volta. Gli lasciò cadere le chiavi in mano e guardò mentre chiudeva la porta. Quando l'uomo ebbe finito, invece di mettersi il portachiavi in tasca come aveva fatto l'ultima volta, si voltò e glielo tese. Alabama sorrise timidamente mentre prendeva le chiavi e se le metteva nella borsetta. L'uomo si era ricordato che lei non era a suo agio a lasciargli tenere le chiavi e non aveva insistito. Quell'aspetto di lui le piaceva. Perdiana, fino a quel momento, tutto di Christopher le era piaciuto.

Abe prese Alabama per un braccio mentre percorrevano il corridoio. Ammiccò alla signora anziana che sbirciò fuori dalla porta al loro passaggio. Lei ricambiò l'ammiccamento e sorrise, per poi chiudere la porta dopo il loro passaggio.

Mentre si sedeva in macchina, Abe guardò Alabama. La donna non gli aveva chiesto dove stessero andando, anche se era chiaro che era curiosa.

Prima di avviare il motore, Abe si allungò verso il sedile posteriore e prese il pacchetto. Lo porse ad Alabama e, appoggiato un braccio sul volante, la guardò.

Alabama guardò sconvolta Christopher. Le aveva fatto un regalo?

"Dai, aprilo," la incoraggiò gentilmente Abe.

Alabama scartò lentamente il pacchetto e guardò nella scatola. Era da molto tempo che non riceveva un regalo. Per la miseria, non riusciva a ricordare l'ultima volta in cui qualcuno aveva impacchettato qualcosa per lei. Avrebbe quasi voluto tenerlo chiuso e fissarlo per tutto il giorno, ma sapeva che avrebbe fatto la figura della pazza se lo avesse fatto.

Dopo essersi soffermata il più possibile sull'apertura del dono, fissò ciò che l'uomo le aveva regalato. Era un telefono. Non uno di quegli smartphone costosissimi — Christopher sapeva certamente che lei non lo avrebbe mai accettato — ma un cellulare a conchiglia di quelli con cui il traffico si pagava a consumo.

Alabama si morse il labbro e cercò di non piangere. La mamma non aveva mai festeggiato il Natale con lei e di certo non le aveva mai comprato nulla per il suo compleanno. E una volta che Alabama era entrata nel circuito dell'affidamento, nessuno dei suoi genitori affidatari le aveva mai voluto abbastanza bene da fare un tale investimento.

"Non intendo accettare che tu me lo restituisca, Alabama. Ne hai bisogno. *Io* ho bisogno che tu ce l'abbia. Devo sapere che sei al sicuro quando non ci sono."

Alabama si guardò rapidamente attorno e, non vedendo nessuno, disse di getto: "Nessuno mi aveva mai fatto un regalo." Le vennero le lacrime agli occhi e cercò di scacciarle.

"Ehi, guardami, dolcezza." Abe non credeva alle sue orecchie. Sapeva che Alabama doveva aver avuto un'infanzia dura, ma era evidente che era stata ancora peggio di quanto lui avesse immaginato. Quando la donna non sollevò lo sguardo, lui le mise con gentilezza una mano sotto il mento. "Per favore."

Finalmente, Alabama sollevò lo sguardo. Era riuscita

a controllare le lacrime quanto bastava per non farle cadere, ma esse le riempivano comunque gli occhi. "Grazie, Christopher," riuscì a dire.

"Prego. Lo terrai?" Abe avrebbe voluto costringerla a dirgli cosa era successo e com'era possibile che nessuno le avesse mai fatto un regalo, ma non voleva farla piangere. Era chiaro che la donna era in equilibrio precario.

Quando Alabama annuì, disse: "D'accordo, allora. Questa sera, quando arrivi a casa, potrai metterlo in carica. Assicurati di portarlo sempre con te, nel caso ne avessimo bisogno. Ci ho caricato sopra cinquecento minuti, per cominciare."

"È troppo," riuscì a dire Alabama.

"No, invece. Non è abbastanza per farmi stare tranquillo, ma sapevo che non lo avresti accettato se ci avessi caricato tutti i minuti che volevo. E poi, probabilmente li userai tutti nella prima settimana per parlare con me. O almeno, ci spero."

Alabama sorrise. Cribbio, era fantastica. "Va bene. Ti ringrazio, Christopher. Davvero."

Abe non pensò; si limitò a sollevare più in alto il mento di Alabama col dito, si chinò e le diede un rapido bacio a un angolo della bocca. Non si soffermò, anche se avrebbe voluto farlo. Quel breve assaggio bastò a farlo impazzire. Alabama sapeva di menta piperita e lui avrebbe voluto di più. Si costrinse a lasciar cadere la mano, accarezzandole il mento prima di mollare la presa, per poi voltarsi verso il volante. Accese il motore e uscì dal parcheggio.

Alabama non riusciva a credere che Christopher l'avesse appena baciata. Quello *contava* come bacio, giusto? Era stato breve e dolce, ma fantastico. Molto meglio dei bavosi baci alla francese che lei aveva ricevuto in passato. Sentiva ancora il tocco delle dita di Christopher sulla mascella. Alabama si appoggiò allo schienale del sedile, confidando nel fatto che Christopher li avrebbe portati sani e salvi ovunque stessero andando. Abbassò lo sguardo sul telefono che aveva in grembo. Esso la faceva sentire al sicuro. Non si era mai sentita in quel modo prima.

———

Era stata una giornata fantastica. Alabama non credeva di aver mai sorriso così tanto in vita sua. Per prima cosa, Christopher li aveva portati in spiaggia. Riverton era un sobborgo di San Diego e Alabama non aveva mai molto tempo da trascorrere in spiaggia. Adorava l'acqua, ma era la prima volta che faceva un picnic sulla sabbia. La spiaggia non era una di quelle turistiche. Anzi, durante tutto il tempo che avevano trascorso lì, lei aveva visto solo una manciata di persone.

Christopher aveva portato una coperta leggera, un thermos di caffè e della frutta. Erano rimasti seduti sulla spiaggia e avevano guardato l'acqua. Avevano parlato un po', ma più che altro si erano goduti l'aria mattutina e la reciproca compagnia.

Poi erano andati allo zoo di San Diego. In generale,

Alabama non amava gli zoo. Le dispiaceva sempre per gli animali. Non credeva che li maltrattassero, ma pensava che fosse triste vedere quelle creature maestose rinchiuse dietro le sbarre delle gabbie. Ma non ci aveva pensato troppo durante la sua visita con Christopher.

L'uomo le aveva preso la mano mentre camminavano e non l'aveva lasciata andare. Quando la folla si era fatta più grande, Christopher se l'era stretta al fianco e aveva evitato che venisse sballottata dalle persone che andavano e venivano di fretta. Un uomo aveva rovesciato per errore la sua bevanda, che le aveva macchiato i jeans e le scarpe. Alabama aveva pensato che Christopher avrebbe perso la testa. Quando l'uomo era parso pronto a inseguire l'altro e a massacrarlo di botte, le era bastato mettergli una mano sul braccio e Christopher si era fermato. Sotto i suoi occhi, egli si era visibilmente controllato. Era affascinante.

Christopher le aveva baciato la mano e se l'era stretta ancora di più al fianco. Aveva guardato male l'uomo, ma per il resto aveva lasciato perdere.

Dopo che avevano trascorso la maggior parte della giornata allo zoo e avevano mangiato fin troppo cibo spazzatura, lui li aveva condotti in fondo a una pista di atterraggio vicino alla sua base. Naturalmente, con le sue credenziali, Christopher era potuto entrare. Aveva parcheggiato la macchina e aveva aiutato Alabama a scendere. L'uomo aveva steso la coperta che avevano usato in spiaggia sul cofano della macchina e ci si erano seduti sopra. Si erano appoggiati al lunotto posteriore e avevano guardato gli aerei che prendevano il volo e atterravano.

Abe aveva intrecciato le dita di una mano con quelle di Alabama e se le era portate al ventre. Avevano parlato a bassa voce del più e del meno.

Quando aveva cominciato a farsi buio, Christopher l'aveva aiutata a scendere dalla macchina e a tornare sul sedile del passeggero. Avevano preso del cibo cinese da asporto ed erano tornati all'appartamento di lei.

Dopo aver cenato, si erano messi comodi sul divano e Alabama aveva messo su *La storia fantastica* per creare un po' di rumore di fondo. Aveva visto quel film tante di quelle volte che sapeva le battute a memoria.

Dopo una ventina di minuti, Christopher ruppe il silenzio. "Parlami ancora un po' di te, Alabama. Dimmi perché ti guardi attorno prima di parlare con me quando siamo in pubblico, ma la sera, quando sei qui, nel tuo spazio, diventi molto più loquace. È solo perché non c'è nessuno che ti possa sentire e giudicare? O c'è dell'altro?"

Alabama, d'istinto, cercò di allontanare la mano da quella di lui. Ma Abe non la lasciò andare; invece, la attirò a sé e contro il suo fianco. Le fece appoggiare la testa sul suo petto e mormorò: "Shh, dolcezza. Sei al sicuro qui. Parlami. Apriti con me."

Era assurdo. Alabama stava pensando di farlo sul serio. Nessuno aveva mai tenuto a lei abbastanza da accorgersene o da chiederglielo. Provava quei sentimenti per Christopher perché non li aveva mai provati in passato? O era tutto vero? Lei non aveva idea, ma voleva tentare. *Voleva* fidarsi di lui.

"Ecco..." Fece una pausa. Gesù. Non ce la faceva.

Christopher non disse nulla; si limitò ad accarezzarle il braccio e a passarle il pollice sul dorso della mano che aveva appoggiato a sé.

Il suo sostegno silenzioso, assieme al fatto che non era costretta a guardarlo mentre gli raccontava la sua patetica storia, le diede il coraggio di proseguire.

"Hai ragione. Non sono a mio agio quando gli altri sentono quello che dico mentre parlo... ma non è l'unica ragione. Mia madre non era... gentile. Lei... lei non mi voleva, ma per qualche motivo non mi ha dato in adozione. Vorrei che lo avesse fatto."

"Cristo," mormorò Abe. "Vieni qui, dolcezza."

Cambiò posizione sul piccolo divano fino a quando non fu prono, con Alabama sdraiata contro di lui. Lo schienale del divano era alle spalle di lei e Christopher era metà sotto di lei e metà al suo fianco. Aveva un braccio attorno alla vita della donna, che teneva stretta. L'altro braccio era avvolto attorno alle spalle di lei e ai suoi capelli. Si premette il capo di Alabama contro il petto. "Chiudi gli occhi. Sono qui con te. Sei al sicuro. Dimmi tutto."

L'uomo era esigente, ma lei non si sentiva minacciata. Non era mai stata abbracciata in quel modo. Le era già capitato di trascorrere la notte con un ragazzo, ma non appena questi aveva finito di fare sesso con lei, si era girato e lei aveva atteso sei tristissime ore perché il sole sorgesse in modo da uscire dall'appartamento.

Christopher era caldo e aveva un profumo fantastico. Lei non aveva idea di cosa sapesse, solo che le dava conforto. Chiuse gli occhi come lui aveva ordinato e si strinse di più a lui.

"La mamma mi ha chiamata Alabama Ford Smith. Alabama perché quello è lo Stato in cui aveva scopato – parole sue – e Ford perché è la *macchina* in cui quell'uomo ha scopato con lei. Il suo cognome non era nemmeno Smith. Non voleva che io portassi il suo cognome." Alabama afferrò la manica della maglietta di Christopher con la mano sinistra, senza nemmeno rendersene conto, e proseguì.

"Il mio primo ricordo è di quando sono stata rinchiusa in uno sgabuzzino, con la mamma che mi gridava di stare zitta. Non sapevo perché stavo piangendo, ma non lo sopportavo. Tutte le volte che le rivolgevo la parola, lei mi chiudeva nello sgabuzzino. Ho imparato a non parlarle, se volevo mangiare o anche solo dormire nel mio letto. Ma a volte me ne dimenticavo. Oppure parlavo senza accorgermi che lei era vicino e poteva sentirmi. Continuo a sentirla che mi grida di stare zitta."

Abe avrebbe voluto dire ad Alabama di fermarsi, che lui non ce la faceva, ma sapeva che la donna aveva bisogno di sfogarsi. Non riusciva a credere che fosse così dolce. Altre persone, passate attraverso quello che aveva passato lei, non ne sarebbero uscite così equilibrate, e lui sapeva che probabilmente la donna stava sminuendo quello che le era successo. Nonostante la conoscesse da poco, sapeva che lei non gli avrebbe detto tutto.

"Quando avevo undici anni, mi picchiò con una padella perché le avevo chiesto una cosa. Un'insegnante se ne accorse e io mi fidai di un agente di polizia quando disse che mi avrebbe aiutata. Non lo fece e mi rimandarono da mia madre. Quando avevo dodici anni, lei mi ha picchiata con quella stessa padella e mi ha rotto la mascella, assieme a buona parte della faccia. Mentre mi picchiava, continuava a ripetere che mi avrebbe insegnato a non parlare."

Alabama si interruppe e si schiarì la voce. Non aveva mai parlato così tanto in vita sua. Ma era bello sfogarsi. Dire tutto a qualcuno. Dirlo a Christopher. Finalmente, notò che Christopher aveva una mano chiusa a pugno. Le aveva afferrato la maglietta e la stava tenendo stretta. Alabama sollevò la testa e gli portò una mano al viso.

"Va tutto bene?"

Abe sbuffò. Alabama stava cercando di consolare *lui*. Che roba. Avrebbe dovuto essere *lui* a consolare *lei*. Cercò di rilassarsi, aprendo la mano e accarezzando il fianco di Alabama. "Tutto a posto, dolcezza. Sono solo incazzato nero con tua madre e sto cercando di capire come hai fatto a diventare la donna più dolce che io abbia mai conosciuto, visto il modo in cui ti hanno cresciuta."

Alabama si limitò a scuotere la testa prima di appoggiargliela di nuovo sul petto.

Abe non la costrinse a sollevare lo sguardo, ma le disse a bassa voce: "Dico sul serio, dolcezza. Non è nemmeno necessario che tu dica una parola perché la tua bontà risuoni forte e chiaro. Me ne sono accorto vicino a quel dannato tavolo, alla festa." Quando lei non aggiunse altro, Abe decise di non insistere. "Cos'è successo poi? Dove sei finita dopo che lei ti ha picchiata?"

"In affidamento."

"Era... decente?"

"Diciamo così. La mamma mi aveva detto di stare zitta così spesso che, alla fine, io l'avevo presa in parola. Tutti pensavano che fossi strana e io non parlavo quasi con nessuno. Persino oggi, quando sento dire 'sta' zitta,' mi viene un tuffo al cuore. È come se tornassi in quel maledetto sgabuzzino, con mia madre che mi grida 'sta' zitta, sta' zitta, sta' zitta." Una volta mi hai detto una cosa, e credo che tu avessi ragione."

"Che cosa?"

"Hai detto che soffro di sindrome da stress posttraumatico. Non ci avevo mai pensato, ma è probabile che tu abbia ragione. Credo di aver bisogno di parlarne con qualcuno. Voglio dire... a parte te."

"Ti aiuterò con qualunque cosa di cui tu abbia bisogno. Se vuoi che ti aiuti a trovare qualcuno, fammelo sapere. Alla base ci sono molti consulenti esperti di PTSD[1]. Se preferisci parlare con una persona esperta di violenza su minori, posso aiutarti anche in tal caso. Ma, dolcezza, non saprai mai quanto sia importante per me che tu abbia avuto la fiducia di raccontarmi quella storia. So che ci stiamo ancora conoscendo, ma tu sei importante per me. Non ti deluderò. Non ti dirò mai di stare zitta, ora che so che è un fattore scatenante per te. Te l'ho già detto e continuerò a dirlo: sei al sicuro con me. Te lo prometto.

Inoltre, tua madre può anche aver cercato di darti un nome che non significa nulla, ma tu dovresti farlo tuo. Tu *sei* Alabama Ford Smith. Sei sopravvissuta. Hai perseverato. Non lasciare che la meschinità di tua madre ti influenzi. Quelli sono problemi *suoi*, non tuoi. Tu sei unica e fantastica e hai un nome unico e fantastico. E poi, a me *piace* il tuo nome. Mi piaci tu."

Alabama voltò il viso contro la maglietta di Christopher e inalò a fondo. Dio, quell'uomo era meraviglioso. Cercò di non piangere, ma non ci riuscì. Le lacrime le uscirono dagli occhi e gocciolarono sul petto dell'uomo quando lei voltò nuovamente la testa di lato in modo da respirare.

"Sfogati, dolcezza. Sfogati. Ci sono qui io. Non vado da nessuna parte."

Alabama pianse per la sua infanzia schifosa. Pianse perché la sua mamma non le aveva mai voluto bene. Pianse per aver perso la fiducia nelle persone in generale. Alla fine, quando ebbe finito di piangere, tirò su col naso e si mise comoda sul petto di Christopher. Si rilassò contro di lui, pensando a quanto era comoda e che non voleva mai spostarsi.

Abe era furioso. Cercò di mantenere il rilassamento sotto Alabama, ma non era sicuro di esserci riuscito. Decise di condividere parte della sua vita con Alabama, in modo che lei non si sentisse in imbarazzo per aver condiviso qualcosa di tanto intimo con lui.

"Da piccolo, non ho mai davvero conosciuto mio padre." Abe sentì Alabama sollevare la testa mentre lo guardava, ma continuò a parlare. "Veniva a casa ogni tanto, ma proprio quando ci abituavamo ad averlo lì, se ne andava di nuovo. Mia madre piangeva tutte le volte. Non ha mai saputo che io sapevo, ma io mi mettevo fuori dalla sua camera da letto e la ascoltavo singhiozzare. Ho giurato che mi sarei preso cura di lei. Ho fatto quello che potevo. Facevo i lavori di casa senza che nessuno me lo chiedesse, aiutavo le mie sorelle a fare i compiti e davo a mia mamma tutto quello che guadagnavo tagliando l'erba e facendo altri lavoretti per i vicini."

Abe accarezzò i capelli di Alabama, senza sapere esattamente se stesse consolando lei o se stesso. "Non avevamo molti soldi, perché mio padre non era certo d'aiuto, ma ce la siamo cavata. Io farei qualunque cosa per le mie sorelle e mia madre e mi dispiace che tu non abbia avuto nulla di simile nella tua vita. Vorrei averti conosciuta quando eri piccola, Alabama."

Alabama non disse una parola, ma giacque fra le braccia di Christopher, adorando la sensazione di averle strette attorno a lei. Pensò a ciò che le aveva appena detto della sua famiglia. Ora, capiva come era diventato l'uomo che era. "Hai bisogno di prenderti cura degli altri," gli disse con voce assonnata.

"Mi prendo cura di coloro che significano qualcosa per me."

Alabama non aggiunse altro, ma le parole dell'uomo si depositarono nella sua anima e lei riuscì quasi a sentire la ferita nel suo cuore guarire.

Abe continuò a passare la mano sui capelli di Alabama fino a quando lei, finalmente, non si addormentò sul suo petto.

Non aveva mai desiderato fare del male a una donna, prima, ma voleva fare del male alla madre di Alabama più di quanto avesse mai desiderato altro in vita sua. Come aveva potuto fare una cosa del genere alla sua stessa figlia? Come aveva potuto prendere una persona dolce come Alabama e maltrattarla in quel modo? Era stupito che lei ne fosse uscita tanto bene. Questo la diceva lunga sulla forza interiore di Alabama.

Abe rimase sdraiato sotto Alabama, godendosi la sua morbidezza, godendosi la sua fiducia in lui. Non avrebbe mai dimenticato quel momento. Era il momento in cui aveva capito, per la prima volta in vita sua, di potersi innamorare perdutamente di una donna.

CAPITOLO NOVE

ALABAMA APRÌ la porta degli uffici provvisori della Wolfe Realty. L'edificio era molto simile a quello vecchio. Gli uffici si trovavano tutti allo stesso piano, ma questa volta gli agenti immobiliari dovevano condividerli fino a quando non sarebbe stato costruito il nuovo edificio.

A dire il vero, era più facile pulire questo edificio che quello vecchio, perché tutto era stato distrutto dall'incendio e non c'era tutta quella robaccia in giro.

Alabama spinse il suo nuovo carrello delle pulizie mentre attraversava l'edificio. Aveva sempre amato la tranquillità della sera quando lavorava. Certe persone non amavano gli edifici vuoti e li consideravano inquietanti, ma non Alabama. Lei adorava la solitudine.

Ripensò alla settimana passata. Lei e Christopher avevano trascorso tutte le sere insieme. Lui doveva lavorare di giorno, ma era venuto a cenare tutte le sere prima che lei andasse a lavorare, per trascorrere del tempo insieme.

Una sera che lei aveva avuto libera, erano andati nell'alloggio di lui, alla base. Esso non era nulla di speciale, ma per Alabama era un mondo del tutto nuovo. Non sapeva nulla delle forze armate e trovarsi nella base l'aveva resa nervosa. C'erano delle regole non scritte di cui lei non aveva idea. Ad esempio, per entrare nel negozio di alimentari bisognava dimostrare di essere affiliati alle forze armate e mostrare i documenti. Lo stesso valeva per buona parte dei servizi disponibili alla base. Non che la gente fosse poco amichevole, ma era tutto molto sconvolgente.

Christopher aveva percepito il suo disagio e, dopo la prima volta, non le aveva più chiesto di venire da lui alla base, dicendole che, dato che lei si trovava più a suo agio nel suo appartamento, sarebbe stato lui a venire a trovarla. Non gli era parso scontento; si era limitato a dirle che non c'era nessun problema.

Alabama adorava trascorrere del tempo con Christopher. Era facile. Solo la terza sera trascorsa insieme lui le aveva chiesto se poteva baciarla.

Alabama si trovava nel corridoio dell'edificio che stava pulendo e chiuse gli occhi ripensando a come era stato perfetto quel primo bacio. Erano seduti sul suo divanetto, a guardare un film, quando lei si era resa conto che l'uomo la stava guardando. Si era voltata verso di lui e aveva visto sul suo viso un'espressione intensa. Quando i loro sguardi si erano incrociati, la mano di lui si era sollevata per appoggiarsi sulla sua guancia. Alabama aveva inclinato la testa e aveva appoggiato la guancia nella mano di Christopher.

"Voglio baciarti, dolcezza. Me lo permetti?"

Alabama si era limitata ad annuire.

La mano sulla guancia si era spostata sulla sua nuca. Christopher l'aveva circondata con una presa forte, ma stranamente delicata, e si era avvicinato a lei. Aveva appoggiato la fronte alla sua ed era rimasto immobile per un momento.

"Volevo farlo da quando mi hai aperto la porta la settimana scorsa. Non hai idea..."

Poi le aveva portato l'altra mano al viso e l'aveva circondato. Alabama era rimasta premuta fra la mano sulla nuca e quella sul viso. Non si era sentita in trappola; si era sentita protetta. Christopher le aveva inclinato leggermente la testa e si era chinato a baciarla. Per qualche motivo, Alabama aveva pensato che avrebbe fatto con calma. Tutto ciò che aveva fatto fino a quel momento era stato rilassato e gentile, ma quel bacio non era stato nessuna delle due cose.

Era stato un bacio sicuro, un bacio che le aveva ordinato di aprirsi e lasciarlo entrare. E lei lo aveva fatto. Alabama non aveva trattenuto nulla. Le loro labbra si erano incontrate e separate immediatamente. Lei aveva sentito la lingua dell'uomo dare una passata iniziale sulla sua bocca, per poi indietreggiare per stuzzicare e accarezzare le sue labbra prima di tuffarsi di nuovo. Alabama aveva cercato di tenere il ritmo, facendo vorticare la lingua attorno a quella di lui, e a un certo punto gli aveva preso la lingua e l'aveva succhiata. Aveva pensato che si sarebbe sentita imbarazzata e a disagio, ma era stata talmente eccitata che non aveva avuto il tempo di imbarazzarsi.

A quel punto, Christopher aveva preso la mano che le aveva appoggiato sulla guancia e gliela aveva messa sulla schiena, facendola sdraiare sopra tre cuscini del divano. Aveva tenuto la mano sulla sua nuca per sostenerle la testa mentre la faceva accomodare. Alabama non se n'era nemmeno accorta... fino a quando non aveva sentito la sua erezione contro di lei, Christopher non aveva mai cessato la propria sensuale esplorazione della sua bocca, ma lei aveva sentito la sua forza sopra di sé. L'uomo non l'aveva schiacciata; anzi, la sensazione del corpo di lui che le premeva addosso era stata piacevole. Alabama aveva sentito il suo membro contro la gamba; era completamente duro.

Alabama aveva respirato col naso e premuto la testa all'indietro, interrompendo il contatto con le labbra di Christopher. Senza perdere un momento, lui si era chinato e le aveva appoggiato la bocca al collo, mordicchiando e succhiando delicatamente. Lei aveva cominciato ad ansimare e aveva cercato di riavviare il cervello.

"*Quello* sì che era un bacio," aveva detto senza fiato. Aveva sentito l'uomo ridacchiare contro la sua gola prima che risalisse a mordicchiarle il lobo dell'orecchio.

"Tu mi fai perdere la testa, dolcezza."

Parte di Alabama non desiderava che alzarsi e

condurlo al piccolo letto nell'angolo, ma l'altra parte di lei era terrorizzata. Si era già fidata di qualcuno in passato e ne era rimasta delusa. Non credeva che Christopher avrebbe tradito la sua fiducia, ma non era ancora sicura.

Alabama aveva allontanato le mani dalla schiena dell'uomo, a cui si era aggrappata, e gliele aveva messe sul petto. Lui si era immediatamente sollevato in modo da vederla in faccia. Naturalmente, ciò aveva spinto ancora più forte la sua erezione contro la coscia di Alabama, facendola arrossire. Christopher aveva riso e l'aveva baciata delicatamente sul naso. Poi aveva fatto sedere entrambi e se l'era portata al fianco.

"Grazie, Alabama. È il bacio migliore che io abbia mai avuto."

Non si erano detti molto altro per il resto della serata, limitandosi a finire di vedere il film. Quando esso era finito e per Christopher era giunto il momento di andarsene, lei lo aveva accompagnato alla porta e lui le aveva preso entrambe le mani e le aveva tenute delicatamente strette. Christopher si era chinato e le aveva toccato le labbra con le sue. Quello che era cominciato come un breve e dolce bacio della buona notte si era trasformato in qualcosa di più lungo e bollente.

Christopher non le aveva lasciato le mani mentre si baciavano ed era stato interessante toccarlo solo con le labbra e la lingua. Quel semplice contatto l'aveva fatta fremere. Alabama non aveva mai provato nulla come quando era con lui... come quando lo baciava.

"Buona notte, dolcezza. Chiudi la porta a chiave," era stato tutto ciò che lui aveva detto. Poi l'aveva baciata ancora una volta sulla punta del naso, le aveva stretto le mani e se n'era andato.

Alabama trasse un respiro profondo e riaprì gli occhi. Era rimasta imbambolata in mezzo al corridoio dell'ufficio. Aveva stretto le maniglie del carrello così forte da ficcarsi le unghie nei palmi. Era stata proprio travolta.

Rise di sé e proseguì lungo il corridoio. Era appena entrata in uno degli uffici degli agenti immobiliari quando sentì la porta d'ingresso aprirsi. Non era molto tardi, ma lo era abbastanza da far sì che nessuno avrebbe dovuto essere al lavoro. Mentre il suo cuore spiccava un balzo di paura, Alabama si immobilizzò, non sapendo cosa avrebbe dovuto fare. Si infilò una mano in tasca in cerca del telefono che le aveva dato Christopher, sentendosi meglio per via della consapevolezza che aveva un modo per chiamare aiuto. Lo estrasse e lo aprì. Premette un nove e un uno e il suo pollice rimase sospeso sull'ultima cifra[1]. Avrebbe aspettato di vedere cosa stava succedendo prima di chiamare il numero di emergenza.

Guardò in fondo al corridoio e presto vide qualcuno incamminarsi verso di lei. Era Adelaide. Alabama trasse un sospiro di sollievo. Non voleva vedere quella donna, ma se non altro non si trattava di un pazzo assassino. Chiuse il telefono e se lo rimise in tasca.

Adelaide sollevò lo sguardo quando arrivò a qualche porta da Alabama e, finalmente, la notò.

"Che ci fai qui?" chiese in tono cattivo.

Alabama pensò che era una domanda decisamente stupida, considerato che lei era una delle addette alle pulizie e si trovava di fronte a un carrello delle pulizie. Lo indicò senza rispondere a parole.

"Già, avevo dimenticato che tu non parli molto," disse Adelaide in tono sprezzante. "Sono venuta a prendere delle carte per un cliente; le avevo dimenticate qui. Fuori dai piedi." Alabama si spostò da un lato e guardò Adelaide oltrepassarla ed entrare nell'ufficio che lei era stata sul punto di pulire.

"A proposito, so tutto di te e di Abe, troia. Lui era mio e tu me l'hai rubato. Ma non preoccuparti; tornerà da me. Insomma, guarda *te* e poi guarda *me*. Non può certo avere intenzioni serie nei tuoi confronti. Tu sei bassa e bruttina. Non riusciresti a trattenere la sua attenzione nemmeno per un millesimo di secondo."

Alabama ne aveva abbastanza. Christopher non la faceva mai sentire come se stesse giocando con lui o come se la tollerasse a malapena. Le aveva detto diverse volte che quella con Adelaide non era mai stata una storia seria. La donna si stava semplicemente comportando in maniera cattiva e gelosa, sfogandosi su di lei.

Alabama si guardò attorno – ancora non era riuscita a perdere l'abitudine – e rispose con voce bassa e ferma: "Io non ho rubato nulla. È stato *lui* a venire da *me*. Forse non sono bella come te, ma a lui non sembra importare.

Gli piaccio e lui piace a me. Per cui fatti da parte e lasciaci in pace."

Come replica, non era granché, ma Adelaide fece addirittura un passo indietro per lo stupore. Non si era aspettata che la piccola e remissiva donna delle pulizie rispondesse al fuoco. Forse nessuno le aveva mai risposto, anche se era improbabile. Adelaide sembrava il genere di donna che si faceva dei nemici e di sicuro qualcuno doveva aver protestato per il modo in cui lei si era loro rivolta, in qualche occasione.

Adelaide strinse gli occhi e fulminò Alabama con lo sguardo. Lei rispose a tono.

"Te ne pentirai, troia," sibilò infine Adelaide. Si voltò verso la scrivania e afferrò una cartelletta appoggiata su di essa. "E vattene dal mio ufficio. Non mi fido a lasciarti mettere le mani sulle mie cose."

Quelle parole ferirono Alabama più di tutto il resto. Poteva anche non essere la persona più attraente del mondo, ma non era una ladra. Persino nel momento più difficile della sua vita, quando aveva compiuto diciott'anni ed era uscita dal sistema dell'affidamento, non aveva mai taccheggiato. C'erano stati dei momenti in cui avrebbe ucciso per avere qualcosa da mangiare che non fossero noodle da quattro soldi, ma non aveva mai preso qualcosa che non le apparteneva.

Senza guardarsi alle spalle, Alabama spinse il carrello lungo il corridoio. D'accordo; se Adelaide non voleva avere l'ufficio pulito, lei se ne sarebbe lavata le mani.

Sperava che i ragni e la polvere si impadronissero della stanza e rovinassero la vita a quella donna.

Alabama entrò nell'ufficio accanto a quello di Adelaide e udì la stronza percorrere il corridoio a grandi passi e uscire dall'edificio. Una volta che Adelaide se ne fu andata, Alabama si lasciò ricadere sulla sedia accanto alla scrivania. Dannazione. Non amava i confronti diretti, ma era soddisfatta per essersi finalmente difesa. Adelaide era una stronza, ma per fortuna lei non doveva lavorarci insieme. Con un po' di fortuna, la donna si sarebbe ricordata delle sue carte da quel momento in poi e Alabama avrebbe potuto evitare ulteriori brutti incontri.

CAPITOLO DIECI

LE DUE SETTIMANE che seguirono furono fra le migliori della vita di Alabama. Aveva trascorso molto tempo con Christopher e quella sera sarebbero usciti coi suoi compagni di squadra e le loro ragazze.

Alabama era più che nervosa. Faticava a rapportarsi coi gruppi numerosi, soprattutto in pubblico, ma voleva farcela per Christopher. Lui era stato tanto buono con lei. Non aveva insistito per fare sesso, anche se era palesemente pronto. Avevano limonato duramente qualche volta sul divano di Alabama e lei sapeva che era stato difficile per lui fermarsi. Perdiana, era stato difficile *per lei* fermarsi.

L'ultima volta era finita con entrambi a torso nudo e lui l'aveva fatta esplodere soltanto con le labbra sul seno. Lei non aveva mai sperimentato quel genere di passione, in passato, e aveva perso la testa. Christopher se n'era accorto subito e, invece di fare pressione perché continuassero, l'aveva tranquillizzata. Se l'era stretta al petto e l'aveva semplicemente abbracciata. Era stato davvero buono con lei. Alabama sapeva di essere cotta di Christopher. Era quasi certa di amarlo. Non era sicura di sapere esattamente cosa fosse l'amore, ma non passava minuto in cui lei non volesse parlare con lui, vederlo, trascorrerci del tempo.

La prima volta in cui lei lo aveva chiamato col suo cellulare nuovo, Christopher era stato felicissimo. Non aveva cercato di nascondere l'entusiasmo e la gioia per il fatto che lei lo avesse chiamato davvero. Quando si era calmato e le aveva chiesto di cosa aveva bisogno, era rimasto ammutolito per un istante quando lei gli aveva detto di volerlo semplicemente salutare.

Quella sera sarebbero andati a un bar locale, chiamato *Aces Bar and Grill*, la cui clientela sembrava essere formata in maggioranza da membri delle forze armate, soprattutto SEAL. Alabama aveva sentito parlare molto di Matthew, noto anche come Wolf, e della sua ragazza, Caroline. Ma a quanto pareva, c'erano altri quattro membri della squadra che erano come fratelli per Christopher. Erano Sam, il cui soprannome era Mozart, Hunter, il cui soprannome era Cookie, Kason, che si faceva chiamare Benny, e infine Faulkner, che gli altri chiamavano Dude.

Alabama non sarebbe mai riuscita a ricordare i nomi di tutti, ma avrebbe cercato di improvvisare. Christopher le aveva promesso di aiutarla. Quando Alabama gli aveva chiesto dei soprannomi della squadra e della loro storia, lui si era limitato a ridacchiare e le aveva detto che spettava a ciascun uomo spiegare il proprio soprannome, se lo desiderava.

Alabama aveva fatto spallucce. Quella era l'ultima delle sue preoccupazioni.

Alabama si aggrappò disperatamente alla mano di Christopher mentre si incamminavano verso l'ingresso di *Aces*. Prima di entrare, Christopher si fermò, la attirò accanto alla porta e la fece indietreggiare fino al muro.

Christopher le portò una mano al viso e gliela appoggiò alla guancia. Lo faceva spesso quando voleva che lei lo guardasse negli occhi mentre le rivolgeva la parola. Ciò avrebbe dovuto infastidire Alabama, ma così non era. Le faceva sentire un calore interiore. Lei adorava avere le sue mani addosso.

"Andrà tutto bene, dolcezza. Io ti rimarrò sempre accanto. Sarai al sicuro. Piacerai, te lo prometto."

Quando lei annuì, l'uomo sostenne il suo sguardo per un istante, poi si chinò e le sfiorò con le labbra le sopracciglia, poi il naso e infine la bocca. Non si soffermò, ma le mordicchiò delicatamente il labbro inferiore, per poi tirarsi indietro. "Sei la persona più coraggiosa che io abbia mai conosciuto. Forza; entriamo, prima che ti venga un infarto."

Alabama sentiva il cuore che le batteva a doppia velocità nel petto. Era nervosa, ma la presenza di Christopher le era d'aiuto. Voleva piacere ai suoi amici, ma non sapeva davvero come fare amicizia. Non era molto brava.

Si recarono a un grosso tavolo in fondo alla stanza. C'era un gruppo di persone già sedute, che ridevano insieme.

Una bella cameriera stava prendendo gli ordini delle bevande. Era di altezza normale e indossava un paio di scarpe da ginnastica, a differenza delle altre cameriere, che portavano tutte i tacchi. Inoltre, risaltava fra le altre cameriere del bar perché indossava una pudica canottiera e un paio di jeans, invece di una maglietta aderentissima e una minigonna. Il suo abbigliamento non distraeva per nulla dalla sua bellezza.

La donna aveva lunghi capelli neri, raccolti in una treccia che le arrivava a metà della schiena. Stava finendo di prendere gli ordini quando loro arrivarono al tavolo.

"Ehi! Siete arrivati appena in tempo. Cosa posso portarvi dal bar?"

Sulla targhetta col nome della cameriera c'era scritto "Jess".

Abe si rivolse ad Alabama e le fece cenno di ordinare.

"Una coca, per favore," disse a bassa voce Alabama.

Christopher le diede una stretta alla mano per rassicurarla e Alabama cercò di rilassarsi. "Ehi, Jess. Prendo quello che avete alla spina." Era palese che Christopher conosceva la cameriera, probabilmente perché il gruppo di amici frequentava spesso quel locale.

"Nessun problema. Torno subito," disse Jesse con voce sicura.

Alabama guardò la cameriera allontanarsi zoppicando dal tavolo. Ebbe solo un istante per chiedersi cosa avesse che non andava la bella cameriera, prima che Christopher le mettesse una mano in fondo alla schiena e la facesse voltare verso il tavolo.

Alabama sollevò lo sguardo e vide che tutti la stavano osservando. Afferrò la mano di Christopher come se fosse l'unica cosa che le teneva la testa sopra l'acqua.

"Ciao, ragazzi," disse Abe in tono amichevole. "Lei è Alabama. Conoscervi la innervosisce, per cui andateci piano, d'accordo?" Lo disse in tono leggero, ma c'era una corrente d'acciaio nelle sue parole.

Aveva fatto una chiacchierata con la sua squadra, quel giorno, e tutti sapevano quanto fosse timida Alabama, proprio come sapevano quanto fosse importante per lui. Abe aveva inoltre rivelato loro alcune informazioni sull'infanzia di lei e tutti erano rimasti inorriditi. Sapevano che abusi del genere accadevano spesso, ma detestavano che fosse capitato a una persona che era palesemente così importante per il loro compagno di squadra.

Trovare una buona donna era una novità per la squadra. Erano stati tutti presenti quando Caroline era quasi morta per mano dei terroristi e avevano visto quanta fatica aveva fatto Wolf per trovare finalmente il coraggio di rivendicarla per sé.

Nessuno di loro lo avrebbe mai ammesso, ma erano tutti un po' invidiosi. La vista del rapporto forte che intercorreva fra i due li aveva finalmente convinti di quanto fossero insignificanti le loro avventure da una notte. Bramavano tutti trovare una persona per sé e sembrava che Abe potesse essere il prossimo a trovare la donna giusta.

Trattenendo l'impulso a guardarsi attorno, Alabama afferrò la mano di Christopher talmente forte da sapere che gli avrebbe lasciato il segno delle unghie e disse semplicemente: "Ciao."

"Ehi, Alabama; siamo felici che tu sia riuscita a venire," disse un uomo bellissimo che si era alzato al loro arrivo. Anche gli altri uomini salutarono e Christopher la condusse a una sedia all'estremità del tavolo, con le spalle al muro. Attese che lei si sedesse e prese posto accanto a lei. Mise un braccio sullo schienale della sua sedia e si chinò verso di lei.

"Tutto a posto, dolcezza?"

Alabama guardò Christopher e annuì. Era davvero un brav'uomo. Notò vagamente come tutti gli uomini fossero seduti in modo tale da vedere il resto della sala. Palesemente, la pensavano come Christopher per quanto riguardava il voltare le spalle a una stanza.

"Credo che dovremmo presentarci," disse una bella donna seduta al centro del tavolo, rivolta ad Alabama. "Non preoccuparti se non ricordi i nomi di tutti: io ci ho messo un'eternità a impararli!"

Tutti al tavolo risero.

"E ci penserò io, perché se lasciamo fare ai ragazzi, loro

ti diranno solo i soprannomi e tu non scoprirai mai i loro veri nomi. Sto cercando di convincerli a usare i loro nomi di battesimo, ma è una battaglia disperata! Io sono Caroline e sto con questo bestione, Matthew. Quelli a capotavola sono Sam e la sua ragazza, Molly. Accanto a loro ci sono Faulkner e Brittany. Poi ci sono Kason ed Emily, e alla fine, seduti di fronte a te, stanno Hunter e Michele."

Concluse le presentazioni, tutti salutarono contemporaneamente e poi ripresero a parlare. Alabama trasse un sospiro di sollievo; nessuno mostrava ancora segno di volerla coinvolgere nella conversazione.

Alabama ascoltò mentre gli uomini scherzavano gli uni con gli altri. Era difficile distinguerli, soprattutto quando si chiamavano coi soprannomi, mentre le donne usavano i nomi veri. Era come se sedute a tavola ci fossero il doppio delle persone.

"Ehi, Christopher, come vi siete conosciuti voi due?" Alabama pensava che fosse stata la ragazza di Kason a chiederlo, ma non ricordava il suo nome.

"Vi ricordate quell'incendio che c'è stato circa un mese fa?" chiese Christopher. Quando tutte le donne annuirono, lui proseguì. "Alabama mi ha salvato la vita. Era lì e ha aiutato me e un po' di altre persone a uscire dall'edificio."

"Wow, che roba," disse Michele. "Non eri andato a quella festa con Adelaide?"

Abe strinse gli occhi, come faceva sempre quando era incazzato. Alabama non sapeva il perché di quel comportamento da parte di Michele, ma era chiaro che esso contrariava Christopher.

"Sì, ma non ha funzionato. Ho conosciuto Alabama quella sera e da cosa è nata cosa."

Era evidente che Michele non sapeva quando fermarsi, perché proseguì: "E che ne ha pensato Adelaide?"

Cookie non diede a Christopher il tempo di rispondere, ma intervenne direttamente. "Si può sapere che ti prende, Michele? Abe sta con Alabama, ora; lascia perdere."

Alabama era confusa e nervosa. Non aveva mai conosciuto Michele, ma sembrava che a lei non piacesse... per niente.

"Sappiamo tutti che tu e Adelaide siete molto amiche, ma Cristo, donna, Abe l'ha mollata perché si comportava come una pazza. Ti ho detto di lasciar perdere e adesso tu tiri fuori quella faccenda davanti alla sua nuova donna." Cookie era palesemente incazzato. Stranamente, vederlo incazzato parve tranquillizzare Abe.

"Andiamo," disse Cookie alla donna che aveva al suo fianco. "Abbiamo finito. Abe, amico mio, mi dispiace. Alabama, è stato bello conoscerti. Sei troppo buona per uno stronzo come Abe, ma sono davvero felice che tu ci stia comunque. Spero di rivederti presto." Ciò detto, Cookie costrinse Michele ad alzarsi con una mano sul gomito e, senza darle la possibilità di dire nulla, la condusse via dal gruppo.

Alabama non sapeva cosa dire, per cui rimase in silenzio, imbarazzata.

"Cristo, mi dispiace, Abe, Alabama," disse a bassa voce Benny, sporgendosi sul tavolo verso il suo commilitone e la sua accompagnatrice. "Alabama, Cookie frequenta Michele da un po'. Lei e Adelaide sono amiche. Palesemente, è stato un errore farla venire qui, questa sera."

Abe annuì rigidamente. Cristo, aveva cercato di assicurarsi che Alabama conoscesse i suoi amici in un ambiente il meno stressante possibile e la ragazza del mese di Cookie aveva deciso di rovinare tutto. Guardò Alabama.

Sentendosi addosso lo sguardo di Christopher, Alabama lo guardò. L'uomo sembrava teso e incazzato per conto suo. Alabama ridacchiò a bassa voce e guardò le sopracciglia dell'uomo sollevarsi con aria interrogativa.

Sapeva che le mancava la spina dorsale. A pensarci bene, la faccenda era davvero divertente. Avrebbe voluto assicurare a Christopher che andava tutto bene. Non voleva che lui pensasse che avrebbe pianto tutte le volte che un'altra donna tirava fuori gli artigli. Perdiana, con l'aspetto che aveva lui, Alabama avrebbe pianto sempre. Sapeva che tutte le donne del locale erano dannatamente gelose di lei e la cosa, stranamente, la rallegrava.

Non riuscendo a trattenersi dal controllare con lo sguardo l'interno del bar prima di rassicurare Christopher, Alabama fece una pausa, quindi si sollevò verso di lui e gli mormorò all'orecchio in tono provocante: "Ci sono altre tue ex di cui devo preoccuparmi, questa sera?"

Si staccò dall'uomo e gli sorrise, assicurandosi di fargli capire che lo stava prendendo in giro. Guardò le sue palpebre calare e le sue pupille dilatarsi. "Cazzo, Alabama, temevo che avresti perso la testa."

Senza interrompere il contatto di sguardi, lei gli disse a bassa voce: "Un po' l'ho fatto, ma tu sei qui con *me*, non con lei. Hunter non le ha permesso di restare e a me piacciono i tuoi amici. Sono decisa a non lasciare che quello che è successo mi dia fastidio."

Abe esalò il respiro che aveva trattenuto. Era stato sul punto di accompagnare lui stesso Michele di fuori. Dannazione a lei. Aveva menzionato Adelaide di proposito, per provocare. Sperava che Cookie non l'avrebbe più rivista. Chiunque decidesse deliberatamente di fare del male a un'altra persona non era il genere di individuo che la squadra volesse frequentare.

Prima che Abe potesse prendere Alabama fra le braccia e baciarla fino allo svenimento, Emily scattò: "Abe, eh? Ho sentito parlare degli altri, ma qual è la storia del tuo soprannome?"

Di solito, i ragazzi lasciavano che fosse il proprietario del soprannome a spiegarne l'origine, ma Dude prese la parola prima che Abe potesse dire alcunché.

"Abe come Abe l'Onesto," spiegò. "Una volta, durante il BUD/S, uno sfigato ha deciso che era troppo stanco per pulire la sua attrezzatura e, nel bel mezzo della notte, l'ha scambiata con quella di Abe. Quel cretino non si era reso conto che ciascun pezzo dell'equipaggiamento aveva un numero di serie. Per cui, la mattina, quando c'è stata l'ispezione ed Abe ha visto che l'attrezzatura non era la sua, si è messo alla ricerca di quello che aveva fatto lo scambio. Non c'è voluto molto. Abe si è assicurato di dargli una lezione che quello non si sarebbe dimenticato. Lo stronzo ha dato forfait quella mattina stessa."

C'erano molti aspetti della storia che Alabama non capiva, ma annuì come se lo avesse fatto.

Dude proseguì con la spiegazione. "Da allora, tutte le volte che qualcuno ha violato una regola e ha cercato di uscire dai guai mentendo o rubando, Abe lo ha denunciato. Il nome gli è rimasto."

Abe aggiunse: "Non sopporto quando la gente mente o ruba. È semplicemente inutile. Abbiamo visto della roba assurda in missione. Gente in paesi poveri che rubava cibo a donne e bambini. Gente che mentiva spudoratamente solo per avere un bicchiere d'acqua o un pezzo di pane in più. Da un lato, so che la disperazione spinge la gente a fare cose che, altrimenti, non farebbe, ma mi resta sul gozzo tutte le volte. Lo detesto. Preferirei che la gente fosse onesta e diretta riguardo a quello di cui ha bisogno o che vuole, piuttosto che mentire."

Benny si lanciò nella conversazione per concordare. "Sì, ti ricordi quella tipa con cui... ehm... sei uscito, che indossava quell'abitino aderentissimo, ma quando l'hai portata a casa hai scoperto che c'era ancora l'etichetta? Voleva riportarlo al negozio e farselo rimborsare dopo averlo indossato…"

L'uomo si interruppe perché Caroline gli aveva dato un violento colpo sul braccio. "Porca miseria, Kason, un po' di finezza. Non puoi parlare delle sue… ehm… ex quando la sua attuale ragazza è seduta proprio accanto a lui!"

Con aria confusa, Benny esclamò: "Cosa?"

Alabama ridacchiò ancora una volta e guardò Christopher. Questi si limitò a scuotere la testa e a mormorare: "Cristo, è stata una pessima idea." Alabama rise nuovamente e gli mise una mano sulla coscia.

Adorando la sensazione della mano di Alabama sulla gamba, Abe la coprì con la sua e intrecciò le loro dita. Poi, cercò di chiarire quello che i suoi amici stavano rovinando. "Quello che i miei cosiddetti 'amici' stanno cercando di dire è che non mi piacciono i bugiardi e non mi piace la gente che ruba. Anche indossare un vestito con l'intenzione di metterlo e poi riportarlo indietro è una forma di furto. Non è giusto e non è bello."

Alabama capì quello che stava dicendo e gli strinse più forte la coscia, spingendolo a spostare lo sguardo su di lei. "Io non mento e non rubo."

Abe sorrise. "Lo so, dolcezza. Sei troppo brava per farlo."

La serata proseguì e Alabama si rilassò. Si stava divertendo davvero e nessuno sembrava preoccupato per il fatto che non parlasse molto. A un certo punto, quando si era alzata per andare in bagno, Caroline l'aveva accompagnata. "Sapete che noi donne non andiamo mai in bagno da sole. Torniamo subito," aveva esclamato, rivolta all'intera tavolata.

Poi aveva preso la mano di Alabama e si erano dirette verso il bagno. Una volta arrivate, avevano fatto quello che dovevano e poi, mentre si lavavano le mani, Caroline aveva detto ciò che, palesemente, voleva dire da tutta la sera.

"Christopher è un brav'uomo. Era sull'aereo con me, Matthew e Sam quando i terroristi hanno cercato di farlo precipitare. È stato lui a darmi il mio soprannome. È stato lui a convincere Matthew a lottare per me. Farei qualunque cosa per lui. *Qualunque cosa*."

Alabama ebbe un sussulto. Era arrivato il momento. Palesemente, Caroline non pensava che lei fosse abbastanza per Christopher.

"Ciò detto, tu mi piaci. Sei proprio quello di cui lui ha bisogno. Non ho mai visto Christopher così rilassato. Il modo in cui ti guarda è lo stesso col quale Matthew guarda me. Se lo stai solo sfruttando per ottenere qualcosa, ti prego di lasciar perdere. Ma se lui ti piace davvero, e credo che sia così, ti prego di proteggere il suo cuore. Quei ragazzi fanno tanto i duri. Sono forti e mascolini, ma dentro sono come dei marshmallow. Tu hai la possibilità di fargli del male. Ti chiedo di non farlo."

Dopo aver passato un rapido sguardo sul bagno

vuoto, Alabama si costrinse a rispondere e a cercare di rassicurare l'altra donna. "Non farò del male a Christopher. Lui mi piace. So di non essere abbastanza per lui, ma fino a quando non se ne renderà conto, rimarrò."

Il sorriso che apparve sul volto di Caroline fu accecante. Poi lei allargò le braccia e strinse a sé Alabama che, troppo sorpresa, si limitò a circondare con le braccia, un po' imbarazzata, l'altra donna.

"Benvenuta in famiglia, Alabama," esclamò Caroline. "Sono davvero felice che Christopher abbia trovato una persona degna di lui. Non una sciacquetta che vuole solo infilarsi nei suoi pantaloni."

Alabama fece qualcosa che non aveva mai fatto in vita sua: disse di getto, senza pensare, senza guardarsi attorno per assicurarsi che sua madre non fosse nei paraggi: "Oh, io mi ci voglio infilare, eccome."

Caroline si staccò sorpresa, poi indietreggiò e rise come se Alabama avesse detto la cosa più divertente che lei avesse mai sentito. "Santo cielo, non lo avete ancora fatto?"

Ancora più imbarazzata, lei non poté far altro che scuotere la testa.

"Ora so che gli piaci *davvero* tanto. Tienitelo stretto, amica mia. Preparati all'esperienza della tua vita. Se mai dovessi avere bisogno di me, non esitare a contattarmi. Noi vecchiette dobbiamo essere solidali."

Alabama non poté che annuire mentre Caroline le afferrava nuovamente la mano e, insieme, tornavano al tavolo.

Quando arrivarono, Caroline le rivolse un altro sorriso segreto e si sedette accanto al proprio uomo. Alabama guardò Matthew chinarsi su di lei e baciarla. Non fu un bacio educato, da compagnia. Fu un bacio appassionato e lungo. Alabama si sentì quasi a disagio nell'assistervi. Ma d'altro canto, era fantastico. Era il genere di bacio che un uomo dava alla sua donna. Un bacio che le dimostrava quanto lui l'amasse, quanto non vedesse l'ora di restare da solo con lei. Era splendido.

Distogliendo lo sguardo, Alabama incrociò quello di Christopher. Wow. Gli occhi dell'uomo si tuffarono nei suoi. "È andato tutto bene in bagno? Caroline non ti ha messo paura?"

Alabama scosse la testa. "No, anzi, è stata fantastica. Hai degli amici incredibili."

"Già, proprio così." L'uomo fece una pausa. "Sei pronta ad andare?"

"Andare? Ma è ancora presto..."

"Voglio stare con te da solo. Ti voglio, Alabama."

Lo stomaco di Alabama fece un doppio salto mortale. Lei lo voleva? Se fossero andati via ora, sapeva che sarebbero finiti a letto assieme. Non volle pensarci troppo. "Anch'io ti voglio."

Alle parole della donna, il respiro di Abe accelerò. Lui le mise una mano sul gomito e si alzò immediatamente. "È stato bello, ragazzi, ma ora ce ne andiamo. Alla prossima."

Senza darle la possibilità di aggiungere molto altro, Abe buttò alcune banconote sul tavolo per pagare quello che avevano bevuto e si incamminò verso la porta.

Alabama voltò lo sguardo verso il tavolo e vide Caroline che le ammiccava. Ricambiò con un sorriso.

———

Il ritorno all'appartamento di Alabama si svolse perlopiù in silenzio. Alabama aveva detto a Christopher che era stata felice di conoscere i suoi amici e lui aveva risposto con un grugnito. Alabama si era quasi messa a ridere. Era come se le parti si fossero invertite: al momento, era lui quello che non riusciva a parlare.

Christopher guidò velocemente, ma con prudenza, attraverso le strade che conducevano al piccolo appartamento di Alabama. Lei sapeva cosa stava per succedere ed era nervosa, ma anche eccitata. Era giunto il momento. Era pronta a fare l'amore con Christopher.

Christopher parcheggiò la macchina, scese in silenzio e le venne incontro di fronte al cofano. Alabama era troppo impaziente per aspettare che lui la aiutasse a scendere. Salirono mano nella mano le scale che portavano all'appartamento. Alabama gli porse le chiavi quando arrivarono alla sua porta e lui la aprì per lei. Christopher mise le chiavi in un cestino vicino alla porta e le sfilò la borsetta dalle spalle. Poi le prese il volto fra le mani e si chinò a baciarla.

Abe si sentiva come appeso a un filo sottile. Alabama era terribilmente sexy e lui non vedeva l'ora di possederla. Lei era tutto ciò che lui avesse mai voluto da una donna. Era dolce, gentile e bellissima. Baciò profondamente Alabama mentre la faceva camminare all'indietro per entrare nella stanza. In passato, non aveva osato prestare attenzione al piccolo letto nell'angolo. Sapeva di volerla lì, ma aveva fatto le cose con calma. E ora erano finalmente pronti.

La fece indietreggiare verso il letto fino a quando le ginocchia della donna non toccarono il materasso. Abe non desiderava altro che spingerla sul letto e spogliarla completamente, ma doveva assicurarsi che le fosse d'accordo. "Lo vuoi, dolcezza? Non sono solo io?"

"Fai l'amore con me, Christopher. Sono tua."

Abe non esitò. Le parole di Alabama erano il permesso che lui non aveva saputo di aver atteso. Le afferrò l'orlo della maglietta e lo sollevò verso l'alto, senza interrompere il contatto di sguardi. Voleva che Alabama sapesse che lui vedeva *lei*. Che non stava spogliando l'ennesima donna, ma che stava spogliando la *sua* donna.

Il cuore di Alabama mancò un battito mentre lei guardava Christopher negli occhi intanto che questi le sollevava e le sfilava la maglietta. Solo dopo essersela gettata alle spalle, l'uomo distolse lo sguardo dal viso di Alabama e lo posò lungo il suo corpo. Certo, l'aveva già vista quando avevano limonato, ma questa volta era diverso. Era più intimo, più personale. Più tutto.

"Dio, dolcezza. Sei. Bellissima."

Abe prese le mani di Alabama nelle sue e le allontanò dal corpo di lei. Era *davvero* bellissima. Il suo reggiseno era di semplice cotone nero, ma si adattava alla sua personalità. Il tessuto nero contro la pelle chiara creava uno splendido contrasto. "Toglitelo," mormorò, lasciandole andare le mani perché lei potesse obbedire.

Alabama arrossì, ma fece come lui le aveva chiesto. Avrebbe fatto qualunque cosa volesse. Si mise le mani dietro la schiena e slacciò il reggiseno. Lasciò cadere le braccia e le spalline le ricaddero lungo le spalle e scivolarono giù. Lei afferrò l'indumento con la mano e lo lasciò cadere sul pavimento.

Abe inalò. Non sarebbe durato a lungo. Alabama era perfetta. Guardò i suoi capezzoli indurirsi sotto il suo sguardo. La donna respirava affannosamente, ma era chiaro che ciò non era dovuto alla paura. Alabama lo voleva tanto quanto lui voleva lei.

Le prese nuovamente le mani e, ancora una volta, gliele sollevò. "Splendida," mormorò mentre si chinava in avanti e prendeva in bocca uno dei suoi capezzoli eretti.

Alabama gemette. Abe sapeva quanto erano sensibili i suoi seni grazie alle esperienze avute sul divano. Lei strattonò le mani, vogliosa di toccarlo. Vogliosa di farlo sentire bene come lui stava facendo sentire lei. Abe non mollò la presa; invece, la accentuò. Alabama avrebbe fatto come voleva lui; se le avesse permesso di fare come voleva *lei*, non sarebbe durato un minuto.

Abe sapeva di essere al limite. Non poteva più aspettare. La prima volta sarebbe stata veloce, ma si consolò al pensiero che avevano tutta la notte.

Finalmente, lasciò le mani di Alabama e afferrò la propria maglietta. "Spogliati e mettiti sul letto. Non ce la faccio ad aspettare." La sua voce era bassa e dura, e terribilmente sexy.

Alabama guardò Christopher levarsi la maglietta e chinarsi per slacciarsi gli stivali. A sua volta, si sbottonò velocemente i jeans e se li tolse. Poi si sfilò le mutandine e si tuffò sotto le coperte.

Guardò Christopher alzarsi e levarsi gli stivali a calci. L'uomo si slacciò i bottoni dei pantaloni cargo e se li sfilò velocemente. Guardandolo negli occhi per la prima volta da quando avevano cominciato a spogliarsi, lui chiese: "Sei pronta per me?"

Dio, sì, era da un pezzo che Alabama era pronta. "Sì, voglio vederti. Ti prego."

Alabama tirò il fiato quando Christopher si tolse i boxer. Era bellissimo. Era più grosso dell'unico altro uomo con cui lei era andata a letto. Sapeva di non avere molto con cui fare paragoni, ma era lungo e palesemente duro... per lei. Le veniva difficile convincersi di tutto ciò che stava finalmente accadendo fra di loro.

Prima che lei si fosse saziata di guardarlo, Christopher gettò via le coperte e la raggiunse.

"Non nasconderti. Voglio vedere ogni centimetro del tuo delizioso corpo."

La strinse a sé e ringhiò nella sua bocca. Voleva

prendersi il suo tempo e scoprire il corpo di Alabama, ma non poteva, non quella prima volta.

Mentre la baciava, Abe le sfiorò tutto il corpo con la mano. Alabama gemette sotto di lui e gli aprì le gambe. Percependo che era eccitata quanto lui, Abe staccò le loro labbra di un centimetro scarso e mormorò: "Sei prontissima. Adoro sentire quanto sei bagnata, ed è tutto per me, vero?"

Alabama annuì e spinse l'inguine verso la sua mano mentre lui la carezzava più a fondo. "Sono pronta. Ti prego, Christopher."

Un inaspettato attacco di possessività lo travolse. Abe non si era mai sentito possessivo nei confronti di nessuna delle donne con cui era stato in passato. Probabilmente, le aveva usate solo per svuotarsi, proprio come loro avevano usato lui. Ma con Alabama, era diverso. Lei era sua.

"Questa volta sarà veloce. Avrei voluto fare con calma, assicurarmi di aver memorizzato ogni centimetro del tuo corpo prima di fare l'amore con te; ma non durerò a lungo. Mi farò perdonare più tardi. Non ce la faccio ad aspettare. Tu sei mia."

Alabama si limitò ad annuire e gli strinse più forte il bicipite.

"Dillo, Alabama. Sei mia."

Alabama gemette. "Sono tua, Christopher. Ti prego."

"Tu sei protetta, dolcezza? Io sono pulito. Devo

sottopormi regolarmente a esami da parte della Marina.”

Alabama cercò di raccapezzarsi. Era un discorso che avrebbero dovuto già fare, ma nessuno dei due era riuscito ad aspettare e lei era stata troppo in imbarazzo per parlarne prima.

“Prendo la pillola. Ne ho bisogno per regolare il mio... ehm... lo sai.”

Abe la trovò molto carina. Era imbarazzata a parlare del ciclo, ma loro due erano a letto e stavano per fare la cosa più intima che due persone potessero fare. Adorabile.

Alabama proseguì, imbarazzata: “E... ehm... sono pulita anch’io... Sono stata solo con un altro uomo ed è accaduto molto tempo fa... per cui... ecco...”

“Shh. Lo so. Non ho mai pensato altrimenti. Voglio farlo senza niente. Ma spetta a te scegliere. Dipende tutto da quello che vuoi.”

“Te. Voglio *te*, Christopher. Ti prego,” implorò Alabama. Non aveva mai provato nulla di simile in passato. L’ultima volta in cui era andata a letto con un uomo, lui l’aveva a malapena fatta bagnare e poi l’aveva penetrata. Le aveva fatto male e a lui non era sembrato importare nulla. Si era limitato a grugnire e a pompare dentro e fuori da lei fino a quando non era venuto. Poi aveva avuto il coraggio di chiederle se le era piaciuto tanto quanto a lui. Grazie a Dio, Alabama gli aveva fatto mettere un preservativo.

Non aveva idea di quanto potesse essere bello il

sesso. Perdiana, nemmeno lei e Christopher avevano fatto grandi preliminari, ma Alabama era pronta per lui. Più che pronta. Era fradicia. Le era bastato un bacio per volere Christopher più che respirare.

E poi, lui arrivò. Christopher si mise in ginocchio e la guardò. Lei giaceva nuda di fronte a lui, con la pelle che luccicava dal sudore che le copriva il corpo. L'uomo passò le mani dalle sue spalle fino al suo ventre e poi di nuovo verso l'alto. Strizzando e accarezzando. Su e giù. "Bellissima," esclamò senza fiato. "Mia."

Alabama non poté che annuire e guardare mentre lui le allargava le gambe e si avvicinava lentamente al suo clitoride. La sollevò fino a quando lei non ebbe il sedere sollevato e appoggiato sulle sue ginocchia. Se lo prese in mano e mise l'altra sul suo pube, appena sopra dove lei lo voleva di più. La tenne ferma mentre spingeva lentamente la testa del suo membro nel suo fulcro contratto.

Entrambi sibilarono dal piacere.

"Di più, Christopher, ti prego."

Abe la penetrò ulteriormente, fino a quando i loro inguini non si incontrarono. Le mise entrambe le mani sui fianchi e la sollevò più in alto sulle sue cosce, finché non furono fusi quanto potevano esserlo due persone. Abe si chinò su di lei, poi, e mise le mani sul materasso accanto alle sue spalle. "Aggrappati a me," ordinò con voce roca.

Alabama allungò le mani e gli afferrò nuovamente i bicipiti. Adorava il modo in cui essi si flettevano e si muovevano con lui. Non riusciva a circondarli con le mani e questo la faceva sentire piccola e fragile sotto di lui. Gli passò le gambe attorno ai fianchi e lo incitò. "Ti prego," fu tutto ciò che riuscì a dire.

Abe si mosse. Dio, Alabama era calda e umida e tutta sua. Abbassò lo sguardo e vide che aveva buttato la testa all'indietro e che aveva gli occhi chiusi. "Guardami," ordinò. "Guardami e vedi chi è che sta facendo l'amore con te."

Gli occhi di Alabama si spalancarono alla richiesta dell'uomo. Christopher la stava guardando intensamente. Lei sussultò quando lui affondò più forte.

"Così. Guardami e sappi che sono *io* quello qui con te. Tu sei mia. Non ti lascerò andare mai."

Alabama disse la prima cosa che le venne in mente. "Promesso?"

"Promesso. Tu non vai da nessuna parte. Perdiana, io non vado da nessuna parte."

Alabama tenne lo sguardo fisso su Christopher mentre lui la amava. Il tempo parve fermarsi e, al tempo stesso, volare via.

Abe guardò Alabama avvicinarsi sempre di più al baratro. Portò una delle mani al punto in cui erano uniti e premette forte proprio sul suo clitoride. Era proprio quello di cui lei aveva bisogno per volare nel baratro. Dietro suo ordine, tenne lo sguardo fisso su di lui fino all'ultimo momento, quando inarcò la schiena e spinse con forza l'inguine contro quello di Abe e gemette il suo nome.

Fu tutto ciò di cui Abe ebbe bisogno per perdere a

sua volta il controllo. Affondò dentro di lei un'ultima volta e rimase immobile mentre si svuotava nel suo sesso morbido.

Dopo circa un minuto, Abe trasse un respiro profondo e si sdraiò accanto ad Alabama, senza lasciarla. Adorava la sensazione delle scosse di piacere residuo di lei che stringevano il suo corpo e voleva mantenere quella connessione il più a lungo possibile.

Alabama era crollata sotto di lui come una bambola di stracci. Lui l'aveva cavalcata con forza, ma lei aveva preso tutto ciò che gli aveva dato. Non sarebbe riuscito a trattenere le parole nemmeno se la sua vita fosse dipesa da ciò.

"Ti amo."

Alabama spalancò gli occhi. Sarebbe stata una scena comica, se fossero stati in qualunque altra posizione. Lei non credeva alle sue orecchie. Doveva aver capito male.

Chiuse gli occhi, godendosi la sensazione di essere ancora unita intimamente a Christopher e sospirò felicemente. Non aveva idea. Nessuna. Se il sesso era davvero così, non c'era da stupirsi che fosse talmente popolare nei libri e nei film.

"Mi hai sentito, dolcezza? Ti amo." Abe lo disse ancora, godendosi le contrazioni dei muscoli interni della donna alle sue parole.

Alabama aprì nuovamente gli occhi e sollevò lo sguardo sullo splendido uomo che le stava sopra. Lui le percorse un sopracciglio con un dito. "Sei tutto quello che cercavo in una donna. So che stiamo andando molto in fretta, ma è così. Lo so. Io non ti lascerò andare. Tu sei mia, lo hai ammesso. Non ti permetterò di rimangiartelo."

"Tu mi ami?" Alabama non riusciva a convincersi di quello che lui stava dicendo.

Abe sorrise. Lo avrebbe ripetuto innumerevoli volte, fino a farglielo capire. "Sì, dolcezza. Ti amo."

Alabama aveva la sensazione di aver perso completamente il cervello. L'orgasmo che aveva appena sperimentato doveva averglielo risucchiato dalla testa, perché non avrebbe mai detto quello che disse poi, se fosse stata capace di pensare a dovere. "Non ero mai stata amata, prima."

Abe gemette e scese lentamente accanto a lei. Cambiò posizione in modo da essere supino e da avere Alabama accoccolata contro il fianco. Uscì da lei ed entrambi gemettero per il senso di perdita. "Io ti amo, Alabama Ford Smith. Forse non eri mai stata amata prima, ma ora è così. Abituatici."

"Sei proprio un dittatore," mormorò Alabama, mezza addormentata. Non si era mai sentita così bene, così al sicuro, così protetta, così... amata in tutta la sua vita.

Abe la strinse. Era quello il posto della donna. Fra le sue braccia.

Un attimo prima di addormentarsi, la sentì mormorare piano: "Anch'io ti amo."

Abe sorrise e dormì meglio di quanto avesse dormito da settimane.

CAPITOLO UNDICI

ALABAMA SORRIDEVA MENTRE PULIVA. Erano passate tre settimane da quando Christopher le aveva detto che la amava, e lei ancora faticava a crederci. La sua vita era cambiata davvero molto nel breve periodo da che frequentava Christopher. Continuava a uscire sempre di più dal suo guscio e le piaceva trascorrere del tempo coi commilitoni di lui.

Certo, tutte le volte che si vedevano, Faulkner, Kason, Hunter e Sam si accompagnavano a una nuova ragazza, ma lei era stata felicissima di conoscere Caroline. La donna era divertente e molto intelligente. All'inizio, Alabama si era sentita in imbarazzo nei suoi confronti. Caroline era un cavolo di chimico, santo cielo, e Alabama era semplicemente una donna delle pulizie; ma Caroline non l'aveva mai sminuita.

Alabama non avrebbe voluto dire a Christopher cosa

faceva per vivere, ma le sembrava assurdo non farlo. Si era stressata per una settimana prima di dirlo di getto una sera, dopo che avevano fatto l'amore. Lui si era limitato a ridere e a chiederle da quanto tempo stesse cercando il coraggio di dirglielo. Lei era arrossita. La conosceva troppo bene.

Tutto ciò che Christopher aveva detto era stato: "Io ti amo, dolcezza. Non mi importa cosa fai, mi importa solo che ti piaccia. Scommetto che sei la pulitrice migliore che gli Wolfe abbiano mai avuto." Lei aveva riso e aveva ammesso che Greg e Stacy Wolfe l'avevano pregata di restare dopo l'incendio. Le avevano persino pagato la settimana di lavoro quando non c'era stato nulla da pulire.

Caroline aveva reagito allo stesso modo. Non le era mai importato di ciò che Alabama faceva per vivere. Aveva liquidato la faccenda come se non significasse nulla ed era passata a chiederle cosa pensasse della nuova ragazza di Hunter. Dopo che aveva scaricato Michele, l'uomo sembrava ancora più irrequieto di prima. Non essendo una pettegola, Alabama si era limitata a fare spallucce e ad ascoltare mentre Caroline le raccontava tutti i pettegolezzi sui ragazzi della squadra.

Alabama non aveva visto spesso Adelaide dopo il loro incontro negli uffici, qualche settimana prima. Non era inusuale: dopotutto, Alabama puliva dopo la fine dell'orario d'ufficio. Ma le era capitato di incontrare alcuni degli altri agenti immobiliari, che si erano comportati in maniera piacevole. Tutto sommato, il lavoro non era duro. Non era quello che Alabama avrebbe voluto fare per il resto della sua vita, ma per il momento le andava bene. E Christopher aveva ragione. Lei era brava. Era orgogliosa del suo lavoro e si assicurava che gli uffici fossero immacolati, tutte le sere, prima di uscire.

Alabama uscì dagli uffici saltellando. Le sue sere erano più belle, ora che aveva Christopher nella sua vita. Ringraziava tutti i giorni la sua buona stella perché lo aveva trovato.

Christopher le rendeva la vita più semplice in molti modi. Aveva cambiato la serratura della sua porta e si era assicurato che lei si sentisse al sicuro quando lui non poteva essere presente. Le portava sempre dei fiori e altri piccoli doni. Quando lei protestava, si limitava a baciarla fino a quando Alabama non smetteva di lamentarsi.

Anche Alabama, a sua volta, si prendeva cura di lui. Era più a suo agio alla base e lui le aveva fatto ottenere un pass per visitatori. Alabama poteva andare e venire come voleva e ne approfittava per riempire il frigorifero di Christopher coi suoi cibi e le sue bevande preferite mentre lui era fuori.

La sera in cui l'uomo le aveva chiesto di tendere la mano e ci aveva messo una chiave era stata una delle più incredibili della sua vita. Christopher aveva spiegato che si trattava della chiave di casa sua e che voleva che

Alabama si sentisse a suo agio ad andare e venire come voleva alla propria dimora. Ciò significava molto per lei. Subito, aveva fatto fare una copia della chiave del suo appartamento. Alabama non aveva idea che Abe ne avesse già una, dato che aveva cambiato la serratura, e lui non intendeva dirglielo.

Abe adorava le piccole cose che Alabama faceva per lui. Non credeva che Alabama si rendesse conto di quanto fosse importante per lui. Aveva cercato di dirglielo, una volta, ma lei era arrossita così tanto e si era innervosita al punto che Abe aveva lasciato perdere.

Un giorno, lui era uscito dal suo ufficio alla base e aveva scoperto che gli avevano spostato la macchina. Alabama aveva preso le sue chiavi di scorta e aveva trascorso la mattinata a pulirla da cima a fondo. Quando andava all'appartamento di Alabama dopo il lavoro, nella maggior parte dei casi lei aveva qualcosa di pronto e fatto in casa da mangiare. Non aveva mentito quando, nell'occasione in cui si erano conosciuti, aveva detto di non saper cucinare, ma ciò rendeva i semplici pasti che preparava per lui ancora più speciali.

Alabama faceva anche innumerevoli altre cose che le donne che Abe aveva frequentato in passato non si erano prese la briga di fare. All'epoca, lui non ne aveva sentito la mancanza, ma ora notava tutto ciò che Alabama faceva per lui. Andava a prendere le sue cose al lavasecco, aveva imparato a lucidare gli stivali, a un certo punto aveva persino preso a prestito la bici di

Caroline e lo aveva accompagnato una mattina durante la sua corsa. Per i due giorni a venire, era stata terribilmente indolenzita e loro due avevano dovuto usare un po' di inventiva in camera da letto, ma ne era valsa la pena. Alabama gli aveva detto che voleva semplicemente stare con lui e, se questo significava allenarsi con lui, andava bene così.

Abe aveva messo in chiaro che Alabama era sua, ma lei, a sua volta, si era assicurata che anche lui sapesse di appartenerle. Abe lo adorava. Adorava lei.

Abe la stava aspettando nel suo appartamento quando Alabama era tornata a casa dal lavoro. Le aveva preparato una cena abbondante, con tanto di bistecca e purè di patate. Una volta, lei gli aveva detto di non avere idea di come grigliare una bistecca o cucinare della carne, e che comunque non ne comprava mai per via del prezzo.

Alabama fu entusiasta di vedere Christopher, quando tornò a casa. Cercavano di trovarsi tutte le sere, ma a volte non era possibile, per via degli orari di lui.

Corse subito da lui, che era ai fornelli, e lo circondò con le braccia. "Ciao. È andata bene la giornata?"

Abe era davvero orgoglioso del modo in cui lei si era aperta. Era raro, ormai, che si guardasse attorno in cerca della sua malefica madre prima di parlare. Con lui, nelle loro case, non esitava mai e parlava tutto il tempo. Abe adorava essere in grado di darle quella sensazione di sicurezza.

"Sì, dolcezza. E tu? È andata bene la serata?"

"Sì. Gli uffici erano tutti vuoti. Nessun problema."

"Ottimo. Ho preparato delle bistecche. Siediti, che le impiatto."

"Tu mi vizi, Christopher."

"Ottimo. Era ora che qualcuno lo facesse."

Dio, Alabama adorava quell'uomo.

Cenarono e chiacchierarono. Quando lei portò i piatti nel lavandino per lavarli, Christopher la prese per mano. "Quelli possono aspettare. Devo parlarti."

Alabama si tese immediatamente. Quelle parole non suonavano bene. Non c'era da stupirsi che gli uomini detestassero quando le donne dicevano "Devo parlarti."

"Non è una cosa brutta, come stai sicuramente pensando. Forza, vieni a sederti con me."

Abe la condusse al divano e si sedette nel suo solito angolo, prendendola al tempo stesso fra le braccia.

"Voglio che tu conosca la mia famiglia."

Alabama ebbe un sussulto. Wow, non era lontanamente quello che si era aspettata di sentirgli dire. "La tua famiglia?"

"Sì, mia madre e le mie sorelle. Ho detto loro tutto di te e loro non vedono l'ora di incontrarti e di conoscerti. Anche io voglio che tu le conosca. Non hai avuto una buona madre e per questo mi dispiace più di quanto tu possa immaginare. Per cui, ho deciso di condividere la mia con te."

A quelle parole, Alabama cominciò subito a piangere. Non erano particolarmente romantiche, ma significavano tutto per lei. Cristopher sapeva cosa aveva vissuto da giovane e, a modo suo, voleva cercare di compensare.

"E se non dovessi piacere alla tua famiglia?" non riuscì a trattenersi dal chiedere.

"Oh, dolcezza. Piacerai moltissimo. Sei la cosa migliore che mi sia mai capitata. Loro lo capiranno e ti ameranno per questo."

Alabama posò la testa sul petto di Christopher e si accoccolò contro di lui, appoggiando la guancia alle mani. Sentì il braccio dell'uomo stringersi attorno a lei. Christopher non insistette; le lasciò elaborare personalmente la sua richiesta.

Lei voleva conoscerle. Aveva sentito parlare molto delle sorelle di Christopher, Susie e Alicia, e di sua madre, naturalmente. Non aveva mai avuto una famiglia e avrebbe fatto quasi tutto pur di far parte di una.

"D'accordo."

"D'accordo?"

"Sì, d'accordo."

Abe sorrise e la strinse più forte. "Sono orgoglioso di te, dolcezza. Mi hai reso davvero felice. Spero che tu lo sappia."

Quando lei non rispose, lui si limitò a sorridere. "Le chiamo e vedo cosa riesco a organizzare."

Alabama annuì.

"Forza. È ora di andare a letto. Ho bisogno di te."

Alabama si alzò velocemente, si sfilò dal suo abbraccio e si incamminò verso il letto. Anche lei aveva bisogno di lui. Ignorò la sua risatina e si sfilò la maglietta mentre andava a letto. Questo lo fece smettere di ridere subito. Alabama ridacchiò mentre lui la sollevava e la lasciava cadere sul letto.

La paura di conoscere la sua famiglia fu dimenticata quando Christopher le dimostrò quanto la amava.

CAPITOLO DODICI

ABE GUARDÒ ALABAMA che cercava di controllare il tremito delle proprie mani mentre si dirigevano verso la casetta di sua madre. Abe aveva aiutato sua madre a comprare la casa dopo che aveva trascorso un po' di tempo in Marina. Sua madre non aveva potuto permettersi nulla di molto grande quando lui le sue sorelle erano giovani e Christopher aveva voluto garantirle un po' di comodità. Aveva voluto ricambiare l'amore che lei aveva dimostrato a lui e alle sue sorelle per tutta la vita.

Abe non suonò il campanello, ma si limitò ad aprire la porta ed entrare. Alabama lo seguì, stringendo nervosamente il mazzo di fiori che aveva insistito per fermarsi a prendere prima del loro arrivo.

Udì delle voci femminili mentre entravano in casa.

"Mamma? Siamo arrivati!" esclamò Abe, senza fermarsi.

Alabama non riuscì a non ripensare alla sua infanzia.

Se avesse *mai* gridato in quel modo, sarebbe stata picchiata. Rabbrividì e cercò di tornare al presente.

Due donne si diressero di corsa verso di loro, provenienti dall'interno della casa. Una era bassa, ma snella. Aveva i capelli castani sciolti sulle spalle. Indossava un paio di pantaloncini e una camicia henley, e ai piedi portava delle scarpe da tennis. L'altra donna era un po' più alta indossava dei jeans e un maglioncino. Aveva i capelli tagliati in un caschetto corto che le donava molto.

La donna più bassa saltò addosso a Abe, che la afferrò e la fece roteare.

"Che bello vederti!"

"Lo stesso, pulce!"

Abe la mise giù e si voltò per salutare l'altra donna. "Ehi, Leesh, è fantastico vedere anche te!"

La donna più alta abbracciò forte Abe e disse: "Idem, fra."

"Era ora che arrivaste!" udirono pronunciare alle loro spalle. Tutti si voltarono e videro la madre di Christopher. Alabama pensò che aveva esattamente un aspetto "da mamma". Era di altezza media e più robusta di quanto fosse socialmente accettabile. Aveva un'aria sana e felice.

"Mamma!" Abe si fece avanti e prese sua madre fra le braccia. La baciò sulla guancia e si ritrasse, continuando ad abbracciarla. "Hai un aspetto fantastico, come sempre."

"Adulatore. Presentaci la tua donna." La madre di

Abe non perse tempo in convenevoli. Era palese che li stava aspettando.

Abe si allontanò da sua madre e si voltò verso Alabama, che nel frattempo aveva aspettato a qualche passo di distanza. Si allungò, le afferrò la mano libera e la attirò verso di loro.

Alabama barcollò, non aspettandosi quel movimento, ma Abe la sostenne e se la strinse al fianco.

"Mamma, Suse, Leesh, questa è Alabama."

"Siamo felicissimi di conoscerti, finalmente!" esclamò Susie, la donna più bassa.

"Sì, era ora che Chris ti tirasse fuori dal masso sotto cui ti aveva nascosto," scherzò sorridendo Alicia.

Alabama ricambiò il sorriso timidamente. Entrambe le sorelle dell'uomo erano divertenti. Lei adorava la facilità con cui scherzavano con Christopher.

La signora Powers si fece avanti e le tese le mani.

Lei guardò Christopher, che le rivolse un cenno di incoraggiamento. Alabama si voltò verso Bev Powers e tese la mano libera.

La madre di Christopher le strinse la mano con entrambe le sue, forte. "Non hai idea di quanto sia felice di conoscerti, Alabama."

Alabama arrossì, non sapendo cosa dire. Non riuscì a trattenersi dal guardarsi attorno prima di rispondere. Era talmente nervosa che era ricaduta nella vecchia abitudine. "Grazie, signora Powers. Anch'io sono felice di conoscerla."

"Bev. Chiamami Bev."

"D'accordo. Bev."

La donna sorrise radiosa.

Alabama non sapeva cosa fare. Si sentiva in imbarazzo e la madre di Christopher le stringeva ancora la mano. Christopher venne a soccorrerla, come sempre, prendendo i fiori che lei stringeva ancora nell'altra mano e porgendoli a sua madre.

"Ti abbiamo portato questi, mamma."

Lasciando finalmente la mano di Alabama, Bev prese i fiori. "Sono bellissimi. Grazie. Non stiamocene qui in corridoio. Andiamo a sederci, così potremo conoscerci meglio."

Abe si impadronì della mano di Alabama e la tenne stretta mentre lasciava che le sue sorelle e sua madre li precedessero, in modo che loro due avessero un momento di intimità prima di raggiungerle.

"Va tutto bene, dolcezza?"

Alabama sollevò lo sguardo su di lui e rispose: "Stranamente, sì. Sono ancora nervosa, ma loro sono molto carine. Sei molto fortunato, Christopher."

Abe rispose con un sorriso. Sapeva che Alabama avrebbe imparato ad amare la sua famiglia quanto la amava lui. La donna aveva un cuore tenero e lui sapeva che, perché si aprisse, bastava un po' di amichevolezza.

Si incamminarono in salotto per raggiungere le sue sorelle e sua madre.

Alabama sedeva sul divano accanto a Susie e rise mentre

quest'ultima le indicava delle foto di Christopher quando era piccolo. Stavano consultando l'album fotografico che la madre di lui aveva tirato fuori dopo cena.

Le sorelle di Christopher erano divertentissime. Non avevano alcun problema a ridere di loro stesse, né tantomeno degli altri. Le avevano mostrato fotografie in cui tanto loro quanto Christopher erano nudi, ma era palese che traessero grande piacere dal mettere in mostra i momenti imbarazzanti dell'infanzia del loro fratello.

Le storie che condivisero per tutta la sera furono qualcosa di prezioso per Alabama. Lei non aveva ricordi simili della sua vita e adorava che Christopher ne avesse.

"Ehi, Chris, ti ricordi quella volta che sei venuto a trovarci quando io ero con un ragazzo e l'hai minacciato?" ricordò Alicia.

"Ehi, non l'ho minacciato!" ribatté ridendo Abe. "Gli ho solo detto che, se non ti avesse riportato a casa sana e salva entro il coprifuoco, se ne sarebbe pentito."

"Sì, e quando siamo tornati a casa, tu eri seduto in veranda che pulivi la pistola. Lui non mi ha nemmeno dato il bacio della buona notte. Mi ha stretto la mano. Mi ha *stretto la mano*. Dio, è stato terribilmente umiliante!"

Tutti risero. Alabama riusciva a immaginarselo. Era palese che Christopher aveva imparato a essere protettivo fin da giovane, ma lei lo adorava. Non aveva mai avuto nulla del genere in vita sua e avrebbe fatto di tutto per sperimentarlo anche solo una volta. Prima di pensare a quello che stava dicendo, disse di getto: "Siete davvero fortunate ad avere un fratello maggiore così protettivo."

"Oh, allora non la pensavano così," disse ridendo Bev, "ma hai ragione, Alabama. Siamo tutte molto fortunate. Non so come ho fatto, ma Chris è uscito abbastanza bene."

Alabama si sentiva addosso lo sguardo di Christopher. Sollevò la testa e vide la maniera intensa in cui la stava guardando. Lui *sapeva* quello che stava pensando. *Sapeva* cosa aveva passato lei e come avrebbe fatto qualunque cosa per avere un fratello come lui.

"Mamma, Suse, Leesh, adesso dobbiamo andare." Christopher aveva parlato senza distogliere lo sguardo da Alabama.

Lei arrossì. Era imbarazzata, ma era pronta. La serata era stata stressante. Piacevole, ma stressante. Era pronta ad andare. Ma voleva tornare.

Si alzarono tutti e Alabama guardò Christopher abbracciare ciascuna delle "sue ragazze," per poi tornare al suo fianco.

"È stato fantastico conoscerti, Alabama. Spero che tornerai presto. Siamo entusiaste che tu ti sia abbassata a frequentare nostro fratello," disse Alicia, ridendo ancora una volta.

Anche Bev ci mise del suo. "Sì, per favore, torna presto. Volevo cercare di parlarti da sola, a un certo punto, ma vedo che Chris non vuole abbandonare il tuo fianco. Spero che tu sappia quanto piaci a mio figlio.

Prima di te, aveva portato a conoscerci solo un'altra donna, che non era molto simpatica."

Alabama rimase di stucco. Cosa?

"Tu sei simpatica. Ci piaci. Mio figlio non avrebbe corso il rischio di portarti qui, se tu fossi solo una cosa passeggera per lui. Attenderò con ansia molte altre cene, pranzi e ritrovi. Se mio figlio sa cosa è bene per lui, tirerà fuori un anello più prima che poi."

"Mamma!" la ammonì Abe. Cristo. Ora era *lui* a essere in imbarazzo.

"Che c'è?" disse Bev in tono assolutamente non innocente. "Volevo solo assicurarmi che Alabama sapesse che questa non è cosa da tutti i giorni, per te."

"Mamma, credi che non gliel'abbia già detto?"

Alabama cercò di soffocare una risata. Per una volta, era bello vedere Christopher in imbarazzo al posto suo. Gli strinse la mano. "Va tutto bene, Christopher," disse, cercando di tranquillizzarlo.

Tutti risero, rompendo la tensione.

"Va bene, adesso andiamo. Vi chiamerò il prima possibile. State attente."

Tutti ricevettero degli abbracci, compresa Alabama, la qual cosa fu un po' imbarazzante per lei; ma ricambiò come se quelle dimostrazioni di affetto le spettassero di diritto.

Abe fece sedere Alabama al posto del passeggero sulla sua auto, quindi girò attorno alla macchina e si sedette al posto di guida. Prima di avviare il motore, si voltò verso di lei e le passò una mano attorno alla nuca, attirandola verso di sé. Appoggiò la fronte contro la sua e mormorò: "Grazie, dolcezza."

Alabama gli afferrò il polso con le mani e chiese: "Per cosa?"

"Per essere venuta con me oggi. Che la mia famiglia ti piaccia significa per me più di quanto io riesca a dire."

"Sono brave persone, Christopher. Sono solo felice che non mi odino."

"Non è mai stato possibile che ti odiassero, piccola. Ti adorano. Ti avrebbero fatto traslocare a casa mia in giornata, se tu avessi dato loro la possibilità."

Alabama rise. "Non ne sono sicura, ma adoro vedervi insieme. Non avete idea di quanto siete fortunati."

"Lo so, Alabama. Credimi, lo so. Trascorro troppo tempo in posti di merda e vedo troppi esempi di cose orribili che le persone si fanno a vicenda per potermi approfittare della mia famiglia. O di te."

Alabama gli accarezzò la nuca con una mano. "Lo so, Christopher. Tu meriti la tua famiglia."

"Anche tu meriti la mia famiglia, dolcezza."

Rimasero seduti in macchina ancora per un momento, prima che Abe chiudesse gli occhi e portasse le labbra a quelle di Alabama. Il bacio fu leggero e dolce, ma non breve.

Si staccarono e rimasero seduti a guardarsi negli occhi per diversi istanti.

"Sei pronta a tornare a casa?" chiese Abe, con uno sguardo intenso negli occhi.

Alabama sapeva esattamente cosa aveva in mente; era la stessa cosa che aveva in mente lei. Annuì.

Abe la baciò ancora una volta, poi la lasciò andare e girò la chiave per accendere il motore. "Andiamo a casa, dolcezza. Ti farò vedere quanto 'mi piaci.'" Fece un sorrisetto.

Alabama non vedeva l'ora.

CAPITOLO TREDICI

La sera dopo, finito di pulire gli uffici, Alabama entrò nell'alloggio di Christopher alla base. L'uomo le aveva detto di andare a casa sua perché voleva prepararle la cena. Alabama preferiva molto che fosse lui a prepararla, perché lei faceva schifo a cucinare. Sapeva preparare dei noodle confezionati o lo stufato, ma le sue doti culinarie si fermavano all'incirca lì.

Non appena aprì la porta di Christopher, sentì il delizioso profumo di aglio e altre spezie. L'uomo stava preparando degli spaghetti, che avevano un profumo divino.

Abe non vedeva l'ora che Alabama finisse di lavorare e tornasse a casa. Aveva cominciato a pensare grossomodo a tutti i luoghi in cui trascorrevano la notte come "casa". Voleva viziarla, quella sera, perché aveva ricevuto la notizia che tanto aveva temuto. Sapeva che prima o poi sarebbe capitato e, in giornata, il comandante aveva detto loro che era in programma una missione.

Sarebbero partiti il mattino dopo, il che non era sorprendente. Nella maggior parte delle occasioni, quando il dovere chiamava, il preavviso era il minimo o nullo.

Ora Abe doveva dire ad Alabama che stava per partire. Era nervoso. Era la prima volta che la squadra veniva chiamata a intraprendere una missione da quando lui e Alabama si erano messi insieme.

Abe non era stupido. Conosceva le statistiche riguardanti le relazioni dei SEAL. Sapeva che erano spaventose. Ma Wolf e Caroline riuscivano a far funzionare le cose, ed Abe sperava che ci sarebbero riusciti anche lui che Alabama.

Era la prima volta che avrebbe dovuto lasciar sola Alabama; sarebbe stata dura, lo sapeva. Per la prima volta da molto tempo, non era ansioso di partire. Di solito era il primo a salire a bordo dell'aereo e il più entusiasta all'idea di completare con successo la missione.

Sarebbe stata la prima volta che non avrebbe trascorso la serata assieme agli altri, rivedendo le informazioni che avevano ricevuto. Voleva trascorrere ogni istante con Alabama, non pensando al lavoro. Voleva rispondere a tutte le domande che Alabama aveva da fargli, purché gli fosse consentito farlo, e voleva trascorrere le sue ultime ore con lei avvolto fra le sue braccia.

"Ehi, dolcezza, hai avuto una buona giornata?" Abe

andò incontro ad Alabama mentre questa entrava nella stanza.

"Sì, nulla di che. E tu?"

"Mi sei mancata."

"Meno male," ribatté ridacchiando lei.

Abe rise e la afferrò. La fece piegare sul suo braccio e all'indietro, fino a quando la testa della donna non fu più in basso delle spalle.

Alabama strillò e si aggrappò fortemente ai suoi bicipiti. Abe le mise la bocca sul collo e la mordicchiò. "Io ti sono mancato?" chiese fra un morso dell'altro.

"Sì, sì, lo sai! Fammi alzare!"

Abe ridacchiò e la raddrizzò, ma non la lasciò andare.

Alabama sentiva quanto era felice di vederla. Il membro duro dell'uomo le premeva contro mentre questi la stringeva a sé.

"Baciami, dolcezza. Sono trascorse quasi otto ore dall'ultima volta in cui ti ho assaporato."

"Con piacere."

Dopo qualche istante, Abe si staccò con riluttanza. "Se non ci fermiamo adesso, non riusciremo a mangiare."

"Per me va bene," mormorò Alabama prima di prendergli il lobo di un orecchio in bocca e succhiare con forza.

Abe fremette e pensò di mandare al diavolo la cena prima di ricordarsi che doveva dirle che sarebbe partito l'indomani mattina.

Allontanò con fermezza Alabama e rise quando questa mise il broncio. "Dai, lascia che ti dia da mangiare, donna."

La cena fu deliziosa, come al solito. Christopher era un cuoco magnifico e Alabama era sempre contenta di mangiare quello che lui preparava. Il sugo degli spaghetti era piccante, ma non troppo.

Una volta che ebbero finito, sparecchiarono insieme il tavolo e Christopher lavò i piatti, mentre Alabama li asciugò.

"Vuoi guardare la televisione per un po'?" chiese Abe, sapendo che lei avrebbe detto di no.

"No, voglio te."

Alabama era uscita dal suo guscio ed Abe lo adorava. La donna non sembrava più timida con lui ed era sicura a letto. Abe adorava che gli permettesse di essere autoritario, come lui aveva bisogno di fare. Faceva tutto quello che gli diceva, senza fare domande. Una sera, lui le aveva detto che, se le avesse chiesto di fare qualcosa a letto con cui lei non si sentiva a suo agio, Alabama avrebbe dovuto dirglielo e lui si sarebbe fermato subito. Abe era rimasto stupito dalla reazione della donna. Alabama gli aveva detto che si fidava di lui. Che adorava quando lui prendeva il comando e che aveva adorato tutto quello che avevano fatto insieme. Abe aveva capito che erano fatti l'uno per l'altra.

Abe afferrò Alabama e se la mise in spalla a mo' di cavernicolo. Di fronte al suo strillo di sorpresa, rise.

"Mettimi giù, Christopher! Peso troppo!"

"Mi stai prendendo in giro? Piccola, lo sai che sono un SEAL, vero? L'equipaggiamento che devo portarmi in giro pesa più di te!"

Alabama rise con lui. Christopher smise di ridere quando sentì le mani della donna che gli stringevano il sedere. Allungò il passo verso il letto. Doveva entrare in lei. Subito.

Entrò a grandi passi nella camera da letto e lasciò cadere Alabama nel bel mezzo del letto. Abe adorava il suono della risata di lei, adorava esserne la causa. Sapeva che Alabama non aveva riso abbastanza in vita sua.

"Adoro vederti qui."

"Dove?"

"Nel mio letto."

Alabama sorrise a Christopher e si mise seduta. Senza dire una parola, sollevò entrambe le braccia sopra la testa.

Abe prese Alabama e, lentamente, le sfilò la maglietta. Senza guardare dove cadeva, se la gettò alle spalle. Allungò le mani verso i suoi seni e le accarezzò. "Dio, Alabama, sei così sexy, cazzo."

Lei si limitò a sorridere a Christopher. Vedeva la prova di quanto lui la considerava sexy dal rigonfiamento nei suoi pantaloni. Si sdraiò, allontanando le mani dell'uomo. Appoggiata sui gomiti, gli disse in tono giocoso: "Questi pantaloni sono spaventosamente scomodi. Mi aiuti a toglierli?"

Abe adorava quando Alabama aveva voglia di giocare. "Ma certo, dolcezza. Non vorrei mai che tu fossi scomoda..." Passandole le mani sul ventre, raggiunse con calma il bottone dei jeans. Lo sbottonò e, lentamente, abbassò la cerniera. "Tirati su," ordinò con voce roca, deglutendo quando Alabama sollevò l'inguine verso di lui.

Abe infilò le mani nei jeans su entrambi i lati della cerniera e fece scivolare verso il basso il materiale, togliendole contemporaneamente l'intimo. "Ops, sembra che le mutandine siano venute via assieme ai jeans."

Alabama si limitò a ridere, passandosi le mani dietro la schiena e slacciando il reggiseno. Se lo tolse velocemente e si sdraiò, le mani sulla testa, e inarcò la schiena. "Uno di noi è troppo vestito."

Senza dire una parola, Abe trascinò Alabama per i fianchi fino al lato del letto. Le lanciò uno strillo di stupore, ma non esitò. Abe sollevò lo sguardo e catturò il suo col proprio, abbassando la testa.

"Christopher," gemette Alabama in preda all'estasi.

Distogliendo finalmente lo sguardo da quello della donna, Abe lo abbassò sulla perfezione che era il sesso di Alabama. "Sei fradicia." Le tolse una mano dai fianchi e passò leggermente il dito sulla sua umidità e fino al clitoride, poi abbassò la testa. Mentre il suo dito accarezzava tutto attorno al punto caldo, la sua lingua esplorò ogni centimetro delle pieghe di lei.

Alabama gemette. Non aveva mai immaginato che il sesso orale fosse così piacevole. Lei e Christopher avevano giocato ed esplorato il corpo l'uno dell'altra, ma in qualche modo, questo era diverso. L'uomo era ancora completamente vestito e lei adorava la cosa. Si sentiva lasciva e sexy e adorava ogni secondo della bocca dell'uomo su di sé. "Dio, è bellissimo."

Abe mosse la bocca fino al clitoride di Alabama e lo succhiò delicatamente. Nello stesso momento, le infilò delicatamente un dito dentro e cercò il punto morbido sulla parete frontale del suo sesso. Quando Alabama sussultò nella sua presa, capì di averlo trovato. Abe infilò un altro dito assieme al primo, mentre la stringeva forte con l'altra mano. Sollevò la testa quanto bastava per mormorare: "Lasciati andare, dolcezza. Voglio che tu venga attorno alle mie dita. Dammi tutto quello che hai; non trattenerti." Abbassò la testa e si dedicò a farla impazzire.

Alabama si contorse nella presa di Christopher. Gli mise una mano sulla nuca e afferrò i pochi capelli che aveva. L'altra mano strinse la presa sul lenzuolo. Era venuta con Christopher dentro, in passato, ma questo era in qualche modo diverso. Sembrava più intimo, più intenso... più tutto.

Abe sentiva che Alabama c'era quasi. Accarezzò la sua parete interna e succhiò fortemente sul clitoride nello stesso momento. Con un'ultima torsione della mano e un leggero ronzio con la bocca, Alabama stava venendo per lui.

Non si fermò mentre lei si contorceva, ma continuò fino a quando lei non fremette ancora. Finalmente, quando la donna mormorò: "Dio, ti prego, Christopher," lui smise. La leccò un'ultima volta e tolse lentamente le dita. Aspettò che lei abbassasse lo sguardo su di lui, poi si portò le dita alla bocca e leccò lentamente i suoi succhi. "Bella e deliziosa," le disse con una luce negli occhi.

"Ti voglio."

"Mi hai già, dolcezza."

"No, dentro. Ti voglio dentro. Adesso."

Abe indietreggiò lentamente dal lato del letto dove si era inginocchiato e si alzò. "Scostati, dolcezza. Lasciami un po' di spazio."

Alabama fece come lui le aveva chiesto e si mise al centro del letto, senza distogliere lo sguardo da Christopher. Mentre lei si muoveva, lui si sfilò la camicia da sopra la testa, quindi si tolse i pantaloni e le mutande senza distogliere lo sguardo da lei. Nel giro di pochi istanti, le si stava mettendo sopra sul letto.

Alabama lo guardò mentre lui la copriva. Gli occhi di Christopher avevano uno sguardo intenso ed erano dilatati dalla lussuria. Senza dire una parola, l'uomo ruppe il contatto visivo, si abbassò e catturò uno dei suoi seni fra le mani e l'altro con la bocca. Alternò succhiotti a pizzicotti ai capezzoli. Finalmente, quando Alabama era pronta ad aggredirlo, disse: "Non ce la faccio più."

"Finalmente. Cristo, Christopher. Prendimi."

"Guidami dentro di te."

Alabama gemette. Tutto ciò che usciva dalla bocca dell'uomo era dannatamente sexy e la eccitava ancora di più. Allungò una mano e accarezzò l'impressionante erezione di Christopher. Quando lui le ringhiò, lei si limitò a sorridere.

"Fallo."

Alabama lo avrebbe stuzzicato ancora, ma lo voleva dentro quanto, evidentemente, lui voleva essere lì. Guidò il membro dell'uomo fino alla sua apertura e poi, loro due si mossero contemporaneamente. Lei sollevò di scatto l'inguine proprio mentre lui la penetrava con un unico movimento.

"Oh, sì," gemette Abe nello stesso momento in cui Alabama esclamò: "Dio, sì!"

Abe rimase immobile sopra Alabama per un momento. La sensazione che lei gli dava era fantastica. Tutte le volte che facevano l'amore, sembrava di nuovo la prima volta. Lei lo stringeva forte ed era fradicia. Abe uscì fino alla punta, poi affondò fino in fondo. Voleva perdersi dentro di lei, renderli in qualche modo un solo essere. Uscì di nuovo, lentamente, quindi entrò con un colpo vigoroso.

"Sì, Christopher. Ancora. Più forte."

Abe fece come aveva chiesto Alabama e ripeté il movimento. Ancora e ancora, uscì lentamente, per poi tuffarsi di nuovo dentro di lei. Quando l'inguine di Alabama cominciò a spingersi verso l'alto per andargli incontro a ogni colpo d'anca, lui invertì le loro posizioni. Alabama esitò di fronte a quella modifica e si sollevò a guardarlo. Gli appoggiò le mani sul petto e lei le sentì flettersi a mo' di piccoli artigli.

"Cavalcami, Alabama. Prendimi."

Senza dire una parola, lei si mosse. Si sollevò e si abbassò nuovamente. Le ci volle qualche tentativo per trovare un ritmo, ma una volta che lo ebbe fatto, entrambi gemettero.

"Sei bellissima. Guardati." Abe non credeva alla propria fortuna. Alabama era *davvero* bellissima. I suoi seni ballonzolavano al ritmo dei suoi movimenti e aveva la testa buttata all'indietro. Lui le passò le mani sul petto e le afferrò con forza i fianchi. "Più forte, Alabama. Sono tuo. Prendimi."

Quando Abe capì che era vicino a venire, allungò una mano e passò il pollice sul clitoride di Alabama mentre lei lo cavalcava. Le bastarono tre colpi prima di esplodere. Abe prese il comando della situazione e le tenne fermi i fianchi mentre lei tremava sopra di lui, penetrandola a fondo. Dopo cinque colpi, venne anche lui. Abe strinse Alabama a sé mentre cavalcavano l'onda degli orgasmi. Alla fine, lei gli si lasciò ricadere addosso.

"Sono troppo pesante," mormorò, cercando di scivolare via dal suo corpo.

"No, sei perfetta. Resta dove sei. Non voglio lasciarti andare." Anche quella era un'esperienza nuova per Abe. In passato, non vedeva mai l'ora di allontanarsi dal letto di una donna per darsi una ripulita. Non era mai abbastanza presto per fare una doccia dopo essersi alzato dal letto. Ma con Alabama, si crogiolava nei loro profumi combinati, nel contatto, nella sensazione del suo membro che si ammorbidiva dentro di lei. Gli sarebbe mancato tutto questo. Gli sarebbe mancata lei. Cazzo, non voleva lasciarla.

Rimasero a letto, abbracciati e soddisfatti. Tutte le volte che facevano l'amore, sembrava sempre più bello. Alabama si era finalmente sdraiata su un fianco e ora aveva la testa appoggiata alla spalla di lui e una gamba buttata sulle sue. Il suo braccio era stretto attorno all'addome di Abe e lei era accoccolata contro il suo fianco come se vi fosse attaccata.

Abe sapeva che era il momento. Non poteva posticipare ulteriormente la notizia della sua partenza. Detestava farlo quando erano entrambi rilassati, ma era necessario.

"Dolcezza, oggi il nostro comandante ci ha dato una notizia. Devo partire domani per una missione. Non posso dirti dove andremo o quanto tempo ci vorrà, ma ti giuro che tornerò il prima possibile."

Ad Alabama vennero subito le lacrime agli occhi. Sapeva che quel giorno sarebbe arrivato. Erano stati fortunati, fino a quel momento; la squadra non era stata chiamata per molto tempo. Non lasciò andare Christopher, ma inclinò la testa all'indietro in modo da vedere il suo viso.

"Non piangere, dolcezza. Tornerò presto," disse Abe in tono implorante.

"Non è per questo che sono triste," disse Alabama con voce strozzata.

"Parlami."

"Starai attento, vero?"

"Oh, piccola." Abe capì subito di cosa lei aveva paura. "Ma certo. Sai che la mia squadra è la migliore fra le migliori. E poi, ho *te* da cui tornare. Non correrò rischi. Voglio tornare a casa da te."

"Promesso?"

Abe sorrise. Alabama gli aveva fatto promettere ogni genere di cose da quando si frequentavano e lui non aveva esitato a prometterle ciò che lei aveva bisogno di sentirsi dire. Avrebbe preso al lasso la luna, se avesse potuto.

"Promesso, dolcezza."

Alabama tirò su rumorosamente col naso e cercò di controllarsi. "Magari chiamerò Caroline e starò con lei mentre voi uomini non ci siete."

Abe le sollevò il mento e la baciò con trasporto. Adorava la sua sensibilità. Era passata dall'essere triste per la sua partenza al pensare subito alla sua amica e al fatto che anche lei avrebbe avuto bisogno di sostegno.

"È un'idea fantastica. So che sarebbe davvero felice di avere compagnia mentre noi siamo via. Sai, potresti anche chiamare Susie o Alicia. Sono sicuro che sarebbero felicissime di conoscerti meglio."

Alabama annuì e si accoccolò ancora più strettamente fra le braccia di Christopher. Non era pronta a incontrare da sola le sorelle di lui. Sapeva che ci sarebbe voluta qualche altra visita in compagnia di Christopher prima di essere pronta a uscire da sola con loro.

Rimasero in silenzio per un po', persi nei loro pensieri. Alla fine, Abe fece voltare Alabama fino a quando lei non fu sdraiata sulla schiena e lui non le incombette sopra. Abe sorrise. Sì, non voleva andarsene, ma prima sarebbe partito e prima sarebbe potuto tornare e fare del sesso di bentornato fantastico. Nel frattempo, aveva intenzione di soddisfare la sua donna al punto che sarebbero riusciti a sopravvivere alla separazione.

CAPITOLO QUATTORDICI

Alabama era seduta al piccolo tavolo della sua cucina, intenta a far roteare una forchetta mentre aspettava che il microonde finisse di preparare la sua cena. Erano trascorsi dieci giorni da quando Christopher era partito e lei si sentiva abbandonata. Lei e Caroline si erano trovate per diverse sere e avevano parlato. Alabama, ora, aveva un'idea migliore di cosa significasse stare con un SEAL. Spesso, la squadra di SEAL doveva partire con un preavviso minimo. Caroline non sapeva mai dove fosse Matthew, né quando sarebbe tornato.

Ma Caroline aveva spiegato che, sebbene fosse dura, molto dura, sapeva anche che il lavoro di Matthew era quello. A causa delle esperienze che aveva avuto con la squadra, sapeva che erano competenti in quello che facevano. Caroline le aveva raccontato l'intera storia di come era stata rapita e gettata fuori bordo nell'oceano. La squadra di SEAL si era radunata e non solo le aveva salvato la vita, ma al tempo stesso aveva sconfitto i criminali.

Alabama era rimasta inorridita da ciò che Caroline aveva passato, ma capiva quello che stava cercando di dirle. Caroline aveva fiducia nel fatto che i membri della squadra si sarebbero presi cura gli uni degli altri: li aveva visti personalmente in azione.

Caroline voleva bene agli altri membri della squadra come a dei fratelli. Non c'era nessun altro che avrebbe preferito avere a coprire le spalle di Matthew. Alabama si disse che, se Caroline poteva fidarsi che gli altri tenessero Matthew al sicuro, lei poteva fare lo stesso con Christopher.

Alabama tornò al presente. Il lavoro, quella sera, era stato molto strano. Si era presentata come al solito all'edificio dell'agenzia immobiliare, ma aveva incontrato Adelaide in compagnia di un'altra agente, Joni. Alabama non conosceva bene Joni; la donna si era unita alla compagnia dopo l'incendio. Alabama aveva visto Adelaide e Joni insieme, perciò non si era curata di fare la conoscenza dell'altra donna. Si era detta che, se Joni frequentava Adelaide, lei non aveva alcun desiderio di conoscerla. Forse non era giusto, ma era così che stavano le cose.

Alabama era andata a preparare il carrello per la pulizia serale quando Joni le era apparsa alle spalle. Le aveva fatto venire un colpo, ma aveva cercato di sminuire la cosa.

"Ehi, Alabama. Come va?"

Alabama era rimasta sorpresa dal fatto che Joni le avesse rivolto la parola, e ancor di più per aver visto le due donne in ufficio dopo l'orario di lavoro.

"Tutto bene. E tu?" Era diventata molto più brava a parlare del più e del meno, da quando aveva cominciato a uscire con Christopher e a frequentare la sua squadra.

"Bene. Senti, di solito quant'è che lavori la sera? Deve essere brutto lavorare di notte, eh?"

"Non è malissimo. Di solito, me la sbrigo in un paio d'ore."

"Ah, sì, non è malaccio. D'accordo, beh, io vado. Buona serata."

Alabama aveva guardato con sospetto Joni mentre questa percorreva il corridoio. Non molto tempo dopo, aveva visto Adelaide e Joni allontanarsi insieme. Aveva fatto spallucce e aveva continuato a lavorare. Non le importava molto di quelle due. Aveva imparato quali erano le cose davvero importanti nella vita. Christopher. Lui stava lavorando per proteggere il loro Paese; Alabama non poteva certo curarsi di donne maliziose come Adelaide.

Alabama si mise il pigiama di flanella e si mise comoda nel letto. Aveva dovuto fare il bucato, il giorno prima, e si sentiva svuotata mentre se ne stava nel letto. Sebbene le lenzuola profumassero di fresco e di pulito, lei sentiva la mancanza del profumo di Christopher. L'odore dell'uomo aveva permeato le federe dei cuscini e le lenzuola, ma quella sera lei non lo sentiva.

Non era solo la mancanza del profumo di Christopher a renderla malinconica. Avevano fatto tante cose meravigliose nel suo letto. Alabama si era abituata a dormire con Christopher; aveva faticato ad abituarsi a dormire di nuovo da sola.

Alabama si svegliò di scatto quando udì una chiave girare nella serratura. Si raddrizzò nel letto e guardò la porta aprirsi. Lanciò uno strillo femminile alla vista di Christopher. Era tornato a casa!

Abe si puntellò quando Alabama attraversò in un balzo la piccola stanza e si buttò addosso a lui. Grugnì quando la donna impattò col suo corpo, indietreggiando di un passo. Lasciò cadere il borsone e la strinse a sé. Dio, quanto le era mancata. Aveva un profumo così buono. Lui era stanco. Quando erano tornati alla base, aveva pensato di tornare a casa sua per il riposo di cui aveva tanto bisogno e di andare all'appartamento di Alabama in mattinata, ma non era riuscito a convincersi. Non aveva nemmeno fatto la doccia prima di recarsi all'appartamento di lei.

Aveva bisogno di vederla. Aveva bisogno di sentirla fra le braccia. La missione non era stata terribilmente difficile, ma questa volta gli era parsa durare il doppio. Ora che aveva Alabama ad aspettarlo a casa, la missione era sembrata più difficile. Ne aveva parlato con Wolf e avevano avuto una bella discussione riguardo a cosa significava lasciare qualcuno a casa. Wolf aveva vissuto la stessa esperienza.

Tutto ciò che facevano combattendo per il loro Paese aveva un significato più profondo, ora che avevano qualcuno ad aspettarli. Non che prima fossero stati incauti, ma ora, ogni loro decisione poteva significare che la loro donna non li avrebbe mai più rivisti. Era dura. Wolf aveva aiutato Abe ad affrontare l'idea.

Alabama non esitò a circondare Christopher con le braccia e le gambe. Grazie a Dio era tornato a casa. Tuffò il naso nel suo collo... e si ritrasse. Wow. Christopher puzzava un sacco. Di certo non aveva l'odore dell'uomo che lei conosceva e amava. Sotto i suoi occhi, Christopher sorrise da un orecchio all'altro.

"Devo fare la doccia, dolcezza."

"Sì, lo vedo e lo sento."

"Dovevo vederti. Non volevo aspettare."

D'accordo, quello era dolce. Alabama sorrise, abbassò le gambe e si mise in piedi, ma non lasciò andare l'uomo. "Sono felice che tu non abbia aspettato. Ti amo."

"Cristo. Ti amo anch'io." Abe la strinse nuovamente a sé e rimasero così per un po', godendosi la sensazione di essere di nuovo l'uno fra le braccia dell'altra.

"D'accordo, vai a lavarti. Hai dei vestiti da mettere in lavatrice? Vuoi qualcosa da mangiare e da bere?"

"No, dolcezza. Grazie. Tutto ciò dovrà aspettare fino a domani mattina. Voglio solo pulirmi e stare dentro di te." Abe la guardò arrossire. Adorava che arrossisse ancora quando le parlava francamente. "Vai a letto e spogliati; io arrivo subito."

Alabama annuì e fece un passo indietro. Non si sarebbe mai abituata a quel linguaggio osceno, ma dentro di sé, in segreto, lo adorava. Portò le mani ai bottoni della camicia di Christopher e cominciò a sganciarli, partendo dal basso. "Sbrigati, Christopher. Ti aspetto."

Rise quando lui barcollò mentre si recava al piccolo bagno del suo appartamento. Adorava riuscire a sorprenderlo. Non capitava spesso, per cui, quando capitava, era fantastico.

Abe fece la doccia più veloce che poteva, ma riuscì comunque a togliersi di dosso lo sporco e la puzza. La benda che aveva sulla spalla si era staccata, dato che si era bagnata, ma lui non credeva di aver bisogno di sostituirla. Si deterse con l'asciugamano e si fece rapidamente la barba. Per quanto adorasse l'idea di lasciare il segno su Alabama, non voleva farle male. Uscì dal bagno con l'asciugamano avvolto attorno alla vita e si fermò di colpo alla vista di Alabama nel letto.

Era completamente nuda e sdraiata sopra le coperte. Si era appoggiata ai cuscini e se ne stava reclinata contro la testiera. Le sue ginocchia erano piegate e le sue gambe aperte. Si stava passando le mani sul petto, su e giù, sfiorando occasionalmente con le dita l'interno della coscia. "Era ora."

Abe si avvicinò rapidamente al letto, abbandonando l'asciugamano. Esso cadde sul tappeto e fu immediatamente dimenticato. "Per la miseria, sei fantastica."

Alabama era prontissima a sedurre il suo ragazzo. Si sentiva terribilmente in imbarazzo a toccarsi, ma a giudicare dalla reazione di lui, ne valeva la pena. Proprio mentre Christopher raggiungeva il letto e appoggiava un ginocchio sul materasso per andare da lei, Alabama vide la ferita alla sua spalla.

Alabama sussultò, chiuse immediatamente le gambe e smise di toccarsi. "Oddio! Christopher, sei ferito!"

"No, dolcezza, non è nulla. Ora vieni qui."

"No! Sei ferito. Fammi vedere."

Abe sospirò. Aveva davvero bisogno di lei, ma Alabama non sembrava intenzionata a collaborare, non ancora perlomeno. Christopher avrebbe potuto ordinarle di tornare al suo posto, ma al momento non ne aveva il cuore. A dire il vero, era bello vedere che si preoccupava per lui.

Alabama si chinò e accese la luce accanto al letto. Sembrava non avere idea di quanto fosse sexy, preoccupata per lui e tutta nuda. Abe cercò di ignorare il modo in cui il corpo della donna ondeggiava e ballonzolava nei posti giusti, ma era inutile. Aveva trascorso l'ultima settimana e mezza in un buco infernale dall'altra parte del mondo, sentendo la sua mancanza. Non sarebbe riuscito ad aspettare troppo a lungo di entrare in lei.

Alabama ispezionò la spalla di Christopher. L'uomo aveva ragione: la ferita non era grave. Ma sembrava profonda. "Cos'è successo?" gli chiese a bassa voce, passando delicatamente le dita sui punti della spalla di Christopher.

"Un tipaccio con un coltello mi si è avvicinato più di quanto avrei voluto."

Ignorando tutti i sottintesi di ciò che aveva detto l'uomo, Alabama cercò di sopprimere la curiosità. Molto probabilmente, non voleva davvero sapere cos'era accaduto. Probabilmente, se lo avesse saputo, le sarebbero venuti gli incubi.

"Avete vinto?"

Abe ridacchiò. Era stato pronto a deviare le domande di Alabama riguardo alla missione in sé. Non poteva parlarne, nemmeno con lei. Ma Alabama lo aveva stupito ancora una volta. Anche se lui non avrebbe dovuto stupirsi. Sembrava che lei capisse.

"Sì, dolcezza, abbiamo vinto." Non che fosse stata una gara, ma lui evitò di spiegarglielo. Probabilmente, Alabama lo sapeva; si era semplicemente espressa male.

Abe serrò i denti quando Alabama si chinò su di lui e baciò i dieci punti che aveva alla spalla. Aveva ucciso il suo aggressore mentre il coltello di lui gli sfiorava la spalla. L'uomo aveva colpito in un punto non del tutto coperto dal giubbotto di kevlar. Era stato un colpo fortunato, ma non abbastanza per il suo aggressore. Questi era morto prima ancora di toccare terra.

La sensazione della lingua di Alabama sulla pelle fu l'ultima goccia. Abe la rigirò e la bloccò sotto di sé. Lei gli sorrise.

"Mi sei mancato, Christopher," disse dolcemente. "Sono felice che tu sia a casa."

"Anch'io, dolcezza. Anch'io."

Trascorsero le ore successive a dimostrarsi a vicenda quanto avessero sentito la reciproca mancanza. Il sole aveva appena cominciato a fare capolino all'orizzonte quando caddero finalmente in un sonno esausto, entrambi rassicurati dal fatto che l'altro fosse vicino e al sicuro.

CAPITOLO QUINDICI

ALABAMA ERA seduta tremante nella sedia dura. Il tavolo di fronte a lei era di acciaio lucido, senza nemmeno una singola impronta. Si chiese come facessero a tenerlo così pulito. Vagamente, si chiese anche che detergente usassero. Cercò di non pensare a quanto tempo era trascorso da quando le avevano detto di aver chiamato Christopher. Il poliziotto non le aveva permesso di chiamarlo di persona, ma aveva detto che gli avrebbe fatto sapere che lei era lì e che voleva vederlo. Sarebbe venuto presto; Alabama non doveva far altro che ripeterselo.

Stava congelando. Probabilmente, la polizia teneva la temperatura molto bassa per convincere la gente a confessare o qualcosa del genere. Lei non ne aveva idea; sapeva solo che aveva freddo e che non vedeva l'ora che Christopher venisse e la aiutasse a capire cosa stava succedendo. L'uomo le aveva detto ripetutamente che si sarebbe preso cura di lei. E adesso, Alabama aveva assolutamente bisogno che lui si "prendesse cura di lei."

Quella mattina era stata una delle migliori della sua vita. Si era svegliata fra le braccia di Christopher, molto più tardi del solito dopo la loro tarda nottata di passione. Lui l'aveva baciata assonnato e le aveva detto che la amava. Era esausto. Probabilmente, ciò era dovuto alla missione, per non parlare delle acrobazie che loro avevano fatto a tarda notte.

Alabama si era alzata e gli aveva preparato il brunch. Christopher non aveva dovuto andare al lavoro presto, perché la sua squadra era tornata a tarda sera, ma le aveva detto che il pomeriggio sarebbe dovuto andare a fare rapporto. Avevano progettato di incontrarsi più tardi, dopo il turno di lavoro di Alabama.

Quando lei era arrivata alla Wolfe Realty, aveva trovato il posto in preda al caos. Non sapeva esattamente cosa fosse accaduto, ma nel giro di qualche istante si era ritrovata in manette e l'avevano portata alla stazione di polizia.

Alabama era terrorizzata. Non le era mai accaduto nulla di simile. La sua esperienza coi poliziotti non era delle migliori e aveva paura. Aveva implorato di chiamare Christopher, ma loro non glielo avevano permesso. Alla fine, vedendo che stava perdendo la testa, le avevano detto che lo avrebbero chiamato e gli avrebbe spiegato tutto. A lei, quelle parole non erano piaciute, ma probabilmente era il meglio che sarebbe riuscita a ottenere, al momento.

Alabama capì che qualcosa non andava quando l'agente che le aveva detto che avrebbe chiamato Christopher rientrò nella stanza senza di lui.

"Sta arrivando?" chiese nervosamente Alabama. Christopher sarebbe venuto. Le sarebbe rimasto accanto. Aveva promesso di prendersi cura di lei.

"Ehm, sta arrivando, ma prima dovrà rispondere ad alcune domande."

"Non potete!" esclamò immediatamente Alabama. "Lui non c'entra niente. Lasciatelo stare! È un eroe; è appena tornato da una missione. Non potete."

L'agente rimase palesemente sconcertato dallo sfogo di Alabama. Lei sapeva che non si era aspettato la sua rapida e appassionata difesa di Christopher.

"Si calmi, signora. È stato lui a voler parlare col mio capo prima di venire da lei."

Le parole dell'uomo tranquillizzarono Alabama. D'accordo, aveva capito. Christopher stava cercando di trovare il modo migliore per tirarla fuori dai guai. Sapeva che erano tutte stronzate e voleva tirarla fuori da lì. Più tardi, ne avrebbero riso insieme.

Quando la porta si aprì una seconda volta, Alabama sollevò lo sguardo e sospirò di sollievo. Finalmente.

Guardò Christopher aprire la porta, tenendo una mano sulla maniglia e soffermandosi sulla soglia. Si alzò nervosamente. Lo guardò e si irrigidì. L'uomo era incazzato. Lei non sapeva con chi o perché, ma era palese che teneva a stento a freno la rabbia.

Alabama fece un passo verso di lui. "Christopher?"

L'uomo distolse lo sguardo da lei e guardò il poliziotto, ancora in piedi all'interno della stanza. "Posso avere un minuto?"

"Certo, ma conosce il protocollo." Il poliziotto indicò la piccola telecamera in un angolo della stanza. Era palese che avrebbero registrato qualunque conversazione Alabama avesse avuto con Christopher.

Abe annuì seccamente e si scostò in modo che l'agente uscisse dalla stanza.

"Grazie a Dio sei qui!" esclamò Alabama in preda al sollievo, facendo un altro passo nella direzione di Christopher. Rimase sbalordita quando lo vide allontanarsi. Si fermò di colpo, a più di un metro da lui. Che diavolo stava succedendo? Il suo cuore accelerò i battiti. Cos'era successo?

"Perché lo hai fatto, Alabama?" chiese Abe, teso. "Perché hai rubato quella roba? Sai che ti avrei dato qualunque cosa volessi. Non c'era motivo di prenderla."

Alabama rimase sconcertata. Christopher pensava che lei fosse *colpevole* di ciò di cui la accusavano? Non sapeva cosa dire, ma palesemente ciò non aveva importanza per Christopher, che stava ancora parlando.

"Ti avevo *detto* cosa penso di chi ruba. Sai da cosa deriva il mio soprannome. Ne abbiamo parlato. Lo *sapevi*, ma lo hai fatto lo stesso. Mi sembra che tu stia cercando di sabotare di proposito la nostra relazione. Cos'era ieri sera, allora? Un'ultima scopata? Puoi spiegarmi perché hai gettato tutto al vento? Eh? Puoi spiegarmelo?"

"Gettato tutto al vento?" chiese incredula Alabama, la voce che le tremava. Cosa stava dicendo Christopher? Non ci capiva più niente. Se prima aveva pensato di aver paura, ora era terrorizzata. Christopher sarebbe dovuto venire ad aiutarla a capire ciò che stava succedendo. Avrebbe dovuto stringerla fra le sue braccia. Per tutto il tempo che avevano trascorso assieme, l'aveva sempre protetta da quel genere di cose. Non aveva mai permesso che qualcuno alzasse la voce con lei nel modo in cui lui stava facendo ora. Cos'era accaduto fra il momento in cui si erano visti l'ultima volta, quel pomeriggio, e ora?

"Christopher, io..."

"*Sta' zitta*, Alabama. Non voglio sentire le tue scuse, adesso."

Alabama sentì letteralmente il suo cuore avvizzire e morire alle parole dell'uomo. Fece un passo indietro, come se lui le avesse dato un pugno. Le veniva da vomitare. Christopher sapeva che effetto le avrebbero fatto le sue parole. Lo *sapeva*. Aveva ragione: loro due ne *avevano* parlato. Lei aveva aperto il cuore riguardo a sua madre e alle cose che questa le aveva detto. Christopher sapeva che sentirsi dire di "stare zitta" era l'unica cosa che lei non era in grado di sopportare. Lo sapeva e lo aveva fatto lo stesso. Distruggendola.

"Tutto ciò che volevo da te era una relazione onesta. Ero pronto a darti tutto quello che avevo. Avresti potuto avere tutto. Avrei messo tutto ai tuoi piedi. La mia protezione, il mio amore, la mia famiglia;

invece, tu *dovevi* avere quel denaro. Spero che ne valesse la pena."

Alabama non aveva nulla da dire. Dopo tutto quello che avevano passato. Gli aveva detto che lo amava. Lui aveva detto di amarla a sua volta, ma palesemente si trattava di una scusa per portarsela a letto o qualcosa del genere. Christopher era sempre pronto ad ascoltare gli altri, ma non voleva nemmeno sentire ciò che lei aveva da dire e questo la uccideva. Ma sentirsi dire di stare zitta era massacrante.

"Avevi promesso." Le parole le uscirono con voce bassa e tormentata. Lo guardò negli occhi e ripeté: "Avevi promesso, Christopher."

Lo guardò sussultare leggermente alle sue parole. Ma non gliene importava nulla. Era finita. Era vuota dentro. Aveva creduto di aver finalmente trovato qualcuno che sarebbe rimasto al suo fianco. Che l'avrebbe amata per quello che era. Che le sarebbe rimasto fedele e l'avrebbe aiutata a farsi largo nel mondo e le avrebbe fatto da rifugio. *Sta' zitta, Alabama. Sta' zitta, Alabama. Sta' zitta, Alabama.* Le parole di Christopher riecheggiarono più e più volte nel suo cervello. Tutte le volte, la squarciarono come se fosse la prima.

Alabama si voltò e si sedette sulla sedia che aveva lasciato libera con tanta fretta all'ingresso di Christopher. La avvicinò con tranquillità al tavolo, giunse le mani in grembo e fissò la parete opposta senza vederla davvero. La voce di Christopher si trasformò in quella di sua madre. *Sta' zitta. Sta' zitta. Sta' zitta.* Si fece piccola, ricordando la sensazione dei pugni e dei calci della mamma che le piovevano addosso.

Alabama non riusciva a pensare. Doveva solo riuscire a sopravvivere ai cinque minuti successivi. E a quelli dopo. E a quelli dopo. Era così che era sopravvissuta a quei momenti orribili in cui la mamma l'aveva chiusa nello sgabuzzino. Era così che era sopravvissuta per buona parte della sua vita, prima che Christopher entrasse di violenza nel suo cuore. Contò i respiri. Uno. Due. Tre. Doveva continuare a respirare.

Udì vagamente Christopher che parlava, ma lo escluse dalla sua attenzione. Nulla di ciò che egli diceva aveva più importanza. Alabama sentiva il suo cuore battere a velocità innaturale, ma rimase immobile, senza dire nulla.

Finalmente, udì la porta che si chiudeva. Era rimasta da sola. Era sola, come − avrebbe dovuto ricordarselo − sarebbe sempre stata. Era lei contro il mondo. Non importava cosa dicesse chiunque. Non importava chi cercasse di convincerla del contrario. Per un po', se n'era dimenticata. Aveva dimenticato le lezioni che le aveva insegnato la mamma. Che le aveva insegnato quel giocatore di football alle superiori che l'aveva umiliata tanto tempo prima.

Abe sbatté la porta della stazione di polizia mentre lasciava l'edificio. All'inferno Alabama. Quel mattino, si era svegliato più felice di quanto fosse mai stato in vita sua. Il rapporto della missione era stato duro. Avevano tutti dovuto ripercorrere le loro azioni e assicurarsi di aver fatto tutto correttamente. Durante il rapporto, avevano scoperto che alcune cose sarebbero potute andare meglio ed Abe sapeva che era tutta colpa *sua*. Non era stato presente al cento per cento. Aveva commesso degli errori.

Poi aveva ricevuto una telefonata da Cookie, che aveva saputo dalla sua ex, Michele, che Alabama era stata arrestata sul lavoro. A quanto pareva, Michele aveva appreso l'intera sordida faccenda da Adelaide. Era da un pezzo che Alabama rubava denaro agli agenti immobiliari. Di notte, puliva i loro uffici e prendeva delle cose dalle loro scrivanie. All'inizio, si trattava di poca cosa: caramelle dalle ciotole, penne, cose simili. Poi, avevano cominciato sparire dei soldi. Dei gioielli.

Avevano trovato alcuni degli oggetti scomparsi nel carrello delle pulizie di Alabama. C'era una tasca segreta cucita all'interno. L'avevano colta con le mani nel sacco.

La sua Alabama era una ladra. Gli si era spezzato il cuore e gli era venuta la nausea. Come aveva potuto farlo? *Perché* lo aveva fatto? Wolf aveva cercato di parlargli, ma poi gli era suonato il telefono. Si trattava di un poliziotto, che lo aveva chiamato per dirgli che Alabama aveva chiesto di vederlo.

Abe era andato subito alla stazione di polizia, senza dire a Wolf e agli altri suoi commilitoni cos'era successo. Era troppo incazzato, troppo imbarazzato dal fatto che la sua ragazza fosse palesemente una ladra.

Quando era arrivato alla stazione di polizia, aveva parlato col capo. Questi aveva spiegato quali erano le accuse rivolte ad Alabama e quali erano le prove. La polizia stava raccogliendo delle testimonianze, ora; poi, avrebbe interrogato Alabama.

Cristo. L'avrebbe interrogata.

Abe non ci aveva visto più. Era stata tutta una menzogna. Su cos'altro aveva mentito Alabama? La sua storia strappalacrime riguardo alla sua infanzia era davvero reale? Abe la conosceva davvero? Era entrato come una furia nella stanza in cui l'avevano trattenuta e l'aveva affrontata direttamente.

Ora era seduto sul sedile della sua auto con la testa appoggiata al volante. Aveva un'emicrania. Cosa era appena accaduto?

Era stato terribilmente incazzato. Era entrato in quella stanza senza sapere cosa le avrebbe detto e tutte le volte che lei aveva aperto la bocca per cercare di spiegarsi, lui l'aveva interrotta. Non aveva voluto ascoltare le sue menzogne.

Ripensò all'espressione sul volto di Alabama quando le aveva detto di "stare zitta." L'aveva vista chiudersi in se stessa davanti ai suoi occhi. Un attimo prima, la donna aveva cercato di parlargli, e quello dopo era come se fosse sparita. Un velo era calato sui suoi occhi e lei si era semplicemente alienata. Gli aveva detto due parole, *avevi promesso,* e poi, l'Alabama che lui aveva conosciuto negli ultimi mesi era sparita. Sapeva che, da quel momento in poi, lei aveva smesso di sentire. Era tornata a sedersi al tavolo e aveva rifiutato di guardarlo. Era stata un'ammissione di colpa; lei lo stava ignorando perché tutto quello che Abe aveva detto riguardo al denaro era vero.

Si passò una mano sugli occhi per qualche volta, poi sulla testa. Dio, era stanco. Non aveva recuperato il sonno che aveva perso in missione e la notte di passione con Alabama non era stata d'aiuto. Non riusciva a pensare. Non voleva pensare.

Abe uscì dal parcheggio e si diresse verso la base. Avrebbe pensato l'indomani. Ora aveva bisogno di dormire.

———

Alabama non aveva detto una parola da quando Christopher se n'era andato. Era inutile. Non aveva nulla. Nessuno. I poliziotti cercarono di farla parlare, ma lei rimase seduta come un sasso di fronte a loro, fissando il vuoto. Le avevano mostrato le prove contro di lei, comprese delle fotografie della tasca nascosta cucita nel carrello delle pulizie.

Quando non avevano ottenuto alcuna reazione, avevano cercato di spingerla a confessare facendole paura. Ma lei era rimasta immobile come una statua, senza dire una parola. Alla fine, non avevano avuto altra scelta che rinchiuderla in cella.

Mentre Abe cadeva in un sonno irrequieto nella sua stanza alla base, Alabama veniva registrata e le venivano prese le impronte. Aveva dovuto indossare un paio di pantaloni elasticizzati forniti dalla contea e una maglia simile a un camice, entrambi arancioni. Era stata bruscamente condotta al terzo piano della prigione della contea di Riverton e l'avevano chiusa in una stanzetta umida che puzzava leggermente di sudore. La sua compagna di stanza aveva cercato di parlare con lei, ma non avendo ottenuto risposta aveva fatto spallucce ed era tornata a sdraiarsi.

Alabama era sdraiata sul letto di sopra nella cella, chiedendosi come avesse fatto la sua giornata a passare dal giorno migliore della sua vita al peggiore nel giro di poche ore. Una singola lacrima le scivolò lungo la guancia prima che lei chiudesse i rubinetti. *Sta' zitta. Sta' zitta. Sta' zitta.* Alabama serrò le palpebre e cercò di escludere quelle parole. Contò i respiri. Uno. Due. Tre...

CAPITOLO SEDICI

ABE AVEVA AVUTO tempo di pensare a tutto ciò che era accaduto negli ultimi giorni e sapeva di aver commesso un errore. *Sapeva* di aver commesso l'errore più grave della sua vita. Il problema era che non aveva idea di come rimediare. Non avrebbe dovuto aprire bocca. Avrebbe dovuto lasciare che Alabama gli parlasse. Non avrebbe mai dimenticato lo sguardo negli occhi di lei quando le aveva detto di stare zitta, nemmeno se fosse campato cent'anni. Sapeva cosa stava facendo quando lo aveva detto e questo lo rendeva ancora più bastardo. Sapeva di averle fatto male quando aveva visto lo scudo calare di fronte agli occhi di lei. Era come se un momento prima Alabama fosse stata lì e quello dopo non ci fosse più.

Non pensava lucidamente quando era uscito dalla stazione di polizia. Solo un paio di giorni dopo si era chiesto cosa stesse succedendo ad Alabama. Ormai, lei avrebbe dovuto già cercare di chiamarlo. Ora che era riuscito a dormire un po', aveva cominciato a pensare lucidamente. Aveva vissuto gli ultimi giorni in preda allo stordimento. Cookie aveva chiamato per chiedergli cosa cazzo stesse succedendo ed Abe gli aveva raccontato l'intera, sordida faccenda.

"Insomma, quando sono andato alla stazione di polizia, ero incazzato. Incazzato con me stesso, con mio padre, con lei. Dopo tutto quello che aveva passato nella vita, io non le ho permesso di spiegarsi. L'ho interrotta e le ho detto di stare zitta."

Abe udì il verso di Cookie e cercò subito di difendersi. "Ho sentito le parole di mio padre risuonarmi nelle orecchie. Le sue scuse. Non volevo dirlo."

"Non volevi, ma lo hai detto lo stesso. Non puoi rimangiarti una cosa del genere. Una volta che l'hai detta, l'hai detta. Lo sai, Abe," era stata la risposta di Cookie, che poi gli aveva sbattuto il telefono in faccia. Era accaduto due giorni prima ed Abe, da allora, non aveva più notizie dei membri della squadra.

Ora era sicuro, nel profondo di sé, che Alabama era innocente e che c'era Adelaide dietro tutto quello che era successo. Non sapeva come facesse a saperlo, ma doveva essere quello il motivo per cui Alabama era stata arrestata. Adelaide l'aveva presa di mira perché credeva che le avesse rubato il ragazzo. Non era andata davvero così, ma era impossibile ragionare con una donna gelosa. Non appena Abe si era reso conto che Alabama era innocente, aveva pensato con orrore a quello che stava passando. Cos'era accaduto quando lui se n'era andato, quella sera? Alabama era stata arrestata? L'avevano rimandata a casa? E se l'avevano arrestata? Il panico cominciò a lacerarlo. Cookie aveva ragione: lui era *davvero* un cretino.

Abe cominciò a cercare di riparare ai danni che aveva fatto chiamando Cookie. Quello non rispose. Provò sistematicamente a telefonare a tutti gli altri suoi compagni di squadra e nessuno rispose. Chiamò persino la polizia e gli fu detto che la signora Smith era stata rilasciata su cauzione. Abe avrebbe voluto vomitare. Su cauzione. Merda. Voleva dire che l'avevano arrestata. Aveva sperato che fosse riuscita a pagare la cauzione quella sera stessa, ma quando aveva chiesto quando Alabama fosse uscita, gli avevano detto che aveva trascorso tre notti e due giorni in carcere.

Merda. Merda e basta. Era colpa sua. Doveva sistemare tutto.

Avevi promesso.

Quelle parole non volevano saperne di uscire dalla sua testa. Continuavano a ripetersi. Abe aveva *davvero* promesso, ma al primo segno di guai se n'era andato con la coda fra le gambe. Che eroe. Si sentiva malissimo. Doveva rimediare.

Si diresse all'appartamento di Alabama. L'avrebbe trovata e avrebbero parlato. Non avrebbe accettato un rifiuto. Si sarebbe scusato e avrebbe riparato ciò che aveva rotto fra di loro. Non riusciva a immaginare una soluzione alternativa. Amava Alabama. Lei doveva perdonarlo.

All'interno dell'appartamento di Alabama, si guardò attorno sconvolto. Era vuoto. Tutte le cose di lei erano sparite. Il divano c'era ancora. E anche il letto. Ma il piccolo vaso che era stato sul tavolo della cucina e che aveva contenuto molti fiori che lui le aveva portato non c'era più. La coperta dai colori accesi che era stata sul letto non c'era più. I film che avevano guardato insieme, che erano stati impilati contro il mobile su cui era posata la televisione, non c'erano più.

Avevi promesso.

Abe si recò al frigorifero e lo aprì. Vuoto. All'improvviso, come preso da una frenesia, spalancò gli armadietti, sperando disperatamente di trovare una qualche traccia di Alabama. Non c'era nulla.

Si lasciò ricadere contro il piano della cucina. Cristo. Dov'era andata?

Ebbe un brusco sussulto quando una voce provenne dalla porta aperta. Era l'anziana che gli aveva ammiccato diverse volte quando lui l'aveva vista sbirciare dalla porta al passaggio suo e di Alabama.

"Lei non c'è, ragazzo mio," disse la donna in tono di disapprovazione, stringendo con forza il bastone che sembrava essere l'unica cosa che la teneva in piedi.

"Che significa?"

"Significa che non c'è. Se n'è andata. Non vive più qui. Il vecchio Bob ha bussato alla porta e le ha detto che aveva quattro ore per andarsene. Ha detto che non era disposto ad affittare casa a una criminale."

Abe sbiancò. Merda. Ecco un'altra cosa che avrebbe avuto sulla coscienza. "Dov'è andata? Lei lo sa?"

"Non ne ho idea. Abbiamo cercato di parlarle, ma da quando l'hanno arrestata, avrà rivolto sì e no tre parole in tutto agli altri. Tutti i vicini sanno che non ha fatto quello che dicevano quelle stronze, ma sembra che a nessun altro importi." L'anziana lo fulminò con lo sguardo. "E poi, anche se lo sapessi, non credo che glielo direi."

Abe ebbe un sussulto, ma sapeva di meritare la collera della donna. "Devo trovarla."

"Come no." La donna si voltò e percorse zoppicando il corridoio.

Più deciso che mai a trovare la sua amata, Abe capì che avrebbe dovuto affidarsi ai suoi contatti da SEAL per trovare aiuto. Poteva anche essere poco etico, o addirittura illegale, ma l'avrebbe trovata. Doveva farlo. Aveva promesso. Tex lo aveva già aiutato a trovarla in passato; lo avrebbe fatto di nuovo.

Avevi promesso.

Non riusciva a togliersi dalla testa le parole tormentate di Alabama. Era un tormento.

———

"Devi aiutarmi, Cookie," implorò Abe, rivolto al suo compagno di squadra.

"Io non devo aiutarti per un cazzo."

Abe sussultò, sapendo che si meritava quelle e tutte le altre parole che Cookie aveva da rivolgergli. Camminò avanti e indietro mentre Caroline, Cookie e Wolf sedevano a un tavolo e lo guardavano storto. Abe aveva chiamato Cookie e Wolf e aveva implorato loro di incontrarlo. Alla fine, quelli avevano accettato. Anche Caroline era lì, quando lui era arrivato.

Abe sapeva che si meritava le loro occhiate torve, ma non gliene importava nulla. Avrebbe fatto tutto il possibile per trovare Alabama e per riparare ai danni che le aveva provocato.

Dopo che Cookie aveva parlato con Abe e aveva saputo quello che era accaduto, aveva subito chiamato un avvocato e pagato la cauzione in modo che Alabama uscisse di prigione. Era andato a prenderla alla stazione di polizia ed era rimasto inorridito da ciò che aveva scoperto.

Aveva trovato Alabama, ma non era la Alabama che tutti loro avevano imparato ad amare come amica. La donna era distrutta. Aveva detto solo poche parole a Cookie e a Caroline. Era rimasta dietro le sbarre per due lunghi giorni. Cookie non riusciva a immaginare quello che aveva passato. No, non era vero. Riusciva a immaginarlo fin troppo bene. La prigione non era un bel posto, nemmeno se si trattava di quella della contea. Non riusciva a immaginare la timida, dolce Alabama in un posto del genere, eppure era successo. Per tre notti e due lunghi giorni. Se Abe avesse chiamato Cookie prima, lui le avrebbe evitato di trascorrere tutto quel tempo dietro le sbarre, ma Abe ci aveva messo qualche giorno prima di tirare la testa fuori dal culo.

"Abbiamo cercato di convincerla a venire a casa nostra," sputò Caroline all'indirizzo di Christopher, "ma lei non ha fatto altro che scuotere tristemente la testa. Non ci ha nemmeno permesso di accompagnarla al suo appartamento. Dio, Christopher, non avevo mai visto nessuno ridotto in condizioni simili. Avrei voluto abbracciarla forte, ma lei non si è lasciata toccare da nessuno di noi. Il giorno dopo, quando siamo tornati per parlare con lei e per capire cosa stava succedendo, non c'era più. Le sue cose erano ancora lì, ma lei non c'era. Una vicina ci ha detto che il suo padrone di casa voleva buttare via tutte le sue cose, dato che l'aveva sfrattata e lei non le aveva prese con sé. Per cui abbiamo preso tutto e l'abbiamo messo in deposito. Che stronzo."

A ogni parola che usciva dalla bocca di Caroline, il cuore di Abe doleva un po' di più. Wolf ricominciò da dove Caroline si era interrotta.

"Ho chiamato il mio contatto nella polizia e ho fatto una lunga chiacchierata con lui. Tutto ufficioso, natural- mente. Lui mi ha detto che non crede che Alabama sia colpevole. Le 'testimoni' sembravano troppo entusiaste e sapevano esattamente dove guardare per trovare la tasca nascosta di quel maledetto carrello delle pulizie. Gli è parso tutto troppo facile. Sta controllando. Al momento, sta guardando le registrazioni delle telecamere di sicurezza della Wolfe Realty per vedere cosa riesce a scoprire. Vuoi scommettere che scoprirà che sono state Adelaide e la sua gregaria a piantare le prove?"

"Porca miseria!" ruggì Abe, colpendo la parete con un pugno sferrato con tutta la sua forza. Avvertì a malapena il dolore alle nocche. Si voltò fino ad avere la schiena al muro e si lasciò scivolare fino a toccare il pavimento col sedere. Ignorando il sangue che gli gocciolava dal pugno, si premette le mani contro gli occhi.

Caroline guardò Wolf, che si era accigliato. Era ancora incazzata con Christopher, ma non sopportava la vista del suo dolore. Lo raggiunse e si accovacciò.

"La troveremo, Christopher."

Quando l'uomo sollevò lo sguardo, Caroline rimase sconvolta alla vista delle lacrime nei suoi occhi. Non aveva mai visto suo marito o uno o degli altri SEAL piangere. Mai. Non riusciva a immaginare il dolore che stava provando Christopher.

"L'ho persa. Non me la merito. Dio, voi non avete idea."

Caroline si sedette sul pavimento assieme al suo amico. "La troveremo."

Tratto un respiro profondo, Abe cercò di controllarsi. "La troverò io. Sicuramente, lei non mi vuole più, ma mi assicurerò che stia bene. Glielo avevo promesso." La voce gli si ruppe e guardò Caroline. Ricordava quando lei era giaciuta ferita in un letto d'ospedale.

Ricordava tutto quello che lei aveva passato e come lei ora fosse lì col suo amico e compagno di squadra. In preda all'angoscia, ripeté mormorando: "Glielo avevo promesso, Ice, glielo avevo *promesso*."

Caroline avvolse le braccia attorno al grosso SEAL. Non poteva far altro che tenerlo stretto mentre lui le singhiozzava fra le braccia. Non ce la faceva più a insultarlo. Christopher si stava tormentando più di quanto avrebbe potuto fare chiunque di loro. Caroline non aveva idea di dove fosse Alabama, ma sapeva che Christopher avrebbe fatto tutto quanto era in suo potere per assicurarsi che fosse al sicuro e che Adelaide e la sua tirapiedi avrebbero pagato.

CAPITOLO DICIASSETTE

ALABAMA SI ACCOVACCIÒ sulla branda nel rifugio per
senzatetto. Era distrutta. Tutti i soldi che aveva rispar-
miato nel corso degli anni se n'erano andati. Aveva
dovuto spenderne una parte per pagare la cauzione e
uscire di prigione. Inizialmente, era stato Hunter ad
anticipare i soldi, ma una volta che era riuscita ad attin-
gere al proprio denaro, Alabama aveva svuotato il conto
corrente e gli aveva dato il grosso della cifra.

L'uomo non avrebbe voluto accettare, ma lei si era
rifiutata di riprendersi il denaro. Ciò era accaduto otto
giorni prima. Otto dei giorni più lunghi della sua vita.

Non aveva nessun posto dove andare. Non aveva un
lavoro. Non aveva denaro. Non aveva Christopher. *No.*
Si rifiutava di incamminarsi lungo quella strada mentale.
Doveva capire cosa avrebbe fatto. Era ora di lasciare la
costa ovest. Magari sarebbe andata in Texas... beh, una

volta guadagnato denaro sufficiente a pagare il biglietto dell'autobus.

Le uniche cose che aveva con sé erano quelle che era riuscita a mettere in una valigia. Non era riuscita a prendere il suo piccolo vaso. Non era riuscita a prendere nessuna di quelle cose che aveva lasciato a casa e che le ricordavano tempi migliori. Perdiana, allora non aveva voluto prendere nulla di quelle cose, ma ora... ora avrebbe ucciso per uno dei cuscini che profumavano di *lui*.

Lasciar perdere era più difficile di quanto lei avesse immaginato. Sebbene Christopher l'avesse fatta a pezzi, lei lo amava ancora.

Alabama abbassò lo sguardo sui mille e duecento ventitré dollari che aveva in mano. Erano tutti i soldi che le rimanevano, ma non poteva tenerseli. Li mise nella busta posata sulla branda e prese il foglio e la penna che aveva vicino.

Scrisse il biglietto, immortalando tutte le sue emozioni amare. Non sarebbe dovuta andare così, ma lei non sapeva cosa avesse fatto per spingere Christopher a piantarla in maniera tanto brutale. La mamma aveva avuto ragione, tutti quegli anni prima. Era impossibile amare Alabama. Se la sua stessa madre non poteva amarla, nessuno poteva farlo.

Finì di scrivere il biglietto e lo piegò con cura. Era come se il suo cuore si fosse spezzato un'altra volta. Infilò il biglietto nella busta col denaro e scrisse sul davanti:

Per Christopher Powers, SEAL.

Non conosceva l'indirizzo dell'uomo, ma quando più tardi avrebbe incontrato l'avvocato che Hunter aveva assunto per conto suo, gliela avrebbe consegnata perché la portasse al destinatario. Una volta fatto, si sarebbe sentita meglio.

Non aveva idea di come stesse andando il suo caso. Sapeva di non aver rubato nulla, ma non aveva idea se qualcuno le avrebbe creduto o meno. Sarebbe stata la sua parola, quella di una donna delle pulizie, contro quella di Adelaide, che era una rispettata agente immobiliare molto conosciuta nella zona. Era un caso disperato.

Alabama sapeva che avrebbe preferito fuggire piuttosto che tornare in prigione. Era stato terribile. Oh, nessuno l'aveva picchiata, violentata o cose del genere, ma era un luogo terribile. Era stata sotto sorveglianza costante. Le guardie erano donne e uomini amareggiati, che non provavano la minima simpatia verso i prigionieri. E le persone rinchiuse insieme a lei erano semplicemente spaventose.

Alabama si era tenuta lontana da tutti, il che non era difficile, considerato che quella in cui era stata era semplicemente la prigione della contea locale. Aveva mangiato nella sua cella e aveva cercato di capire cosa fare. Non sapeva come funzionasse il sistema giudiziario, per cui non aveva potuto far altro che aspettare.

Non era mai stata così felice di vedere Hunter in vita sua. Avrebbe voluto piangere, ma si sentiva morta dentro. Non era nessuno. Caroline aveva cercato di parlarle, ma Alabama aveva escluso anche lei. Non ce la faceva. Non ce la faceva e basta. Quelli erano gli amici di Christopher. Lei non sapeva perché la stessero aiutando. Christopher non aveva detto loro ciò che aveva fatto? Lei non l'aveva chiesto. Si era limitata a rivolgere loro un cenno del capo quando l'avevano portata al suo appartamento ed era entrata senza guardarsi alle spalle.

Naturalmente, Bob non vedeva l'ora di sfrattarla. Alabama sapeva che ne era stato felicissimo. Era rimasto sulla soglia e l'aveva guardata mettere in valigia le sue poche cose; quando lei aveva finito, l'uomo aveva voluto la chiave indietro. Alabama non si era guardata alle spalle; si era limitata a uscire dal condominio, nella notte.

Alabama si alzò e afferrò la maniglia della valigia. Non poteva lasciarla al rifugio mentre andava a incontrare il suo avvocato; se lo avesse fatto, forse non l'avrebbe più rivista. Un rifugio per senzatetto non era il luogo dove lasciare cose incustodite, se poi si voleva ritrovarle. Con la busta in una mano e la valigia nell'altra, uscì dalla stanza per andare a incontrare il suo avvocato nello spazio comune al pianterreno. Sperava che, in un modo o nell'altro, l'incubo sarebbe finito presto.

Abe guardò il biglietto e si accorse che la sua mano

stava tremando. Stava tremando sul serio. Aveva ricevuto una telefonata del suo comandante e lui e Wolf si erano recati dall'ufficiale. Abe era rimasto sconvolto quando gli era stata porta una busta spessa e nello scoprire che era stata consegnata dall'avvocato di Alabama. Aveva ringraziato il comandante, dopodiché lui e Wolf erano tornati nell'ufficio di Wolf.

Ora, Abe era seduto a fissare la busta, sapendo che il suo contenuto non gli sarebbe piaciuto.

"Vuoi che la apra io?" chiese Wolf in tono serio.

Abe scosse la testa e strappò la busta. Del denaro gli ricadde nel grembo; parte di esso cadde per terra. Abe sollevò lo sguardo su Wolf, poi lo posò nuovamente sulla temuta busta. Ignorò le banconote ed estrasse un semplice pezzo di carta. Era un messaggio da Alabama.

Abe lesse le parole della donna, poi le rilesse per una seconda e per una terza volta. Riusciva quasi a percepire la sofferenza che si irradiava dalle parole sulla pagina.

Christopher.

In allegato troverai $ 1.223. Non ho idea se sia esattamente quello che ti devo, ma è quello che sono riuscita a calcolare. Non voglio che tu pensi che ti abbia rubato qualcosa, per cui considerali un rimborso per la maggior parte delle cose che hai fatto per me mentre ci... frequentavamo. I $ 1.223 comprendono: tre pizze a domicilio, quattro bevande alcoliche, due cene, la benzina che hai consumato venendomi a prendere al lavoro e per il tragitto da casa tua a casa mia e viceversa; $ 157 per i *fiori che mi hai dato e circa $ 400 per la spesa che hai fatto per prepararmi pranzi e cene. Ho incluso qualcosa di extra per quelle cose che ti sono costate solo tempo: come si dice, il tempo è denaro. Per cui, ti ho rimborsato per tutte quelle volte che mi hai portata al lavoro, che mi hai tenuta aperta la porta, che mi hai presa per mano e che mi hai permesso di trascorrere del tempo coi tuoi amici e la tua famiglia.*

Forse penserai che abbia trascorso molto tempo per ricordare tutte le cose che hai fatto per me; hai ragione. Me le ricordo solo perché tu sei stato il primo uomo a fare cose del genere per me. Tutto ciò che hai fatto ha lasciato il segno su di me. Vorrei solo essermi resa conto prima che erano semplicemente un pagamento per i servizi resi. Vorrei aver capito che tu mi stavi pagando per andare a letto con te; avrei detto di no.

Mi dispiace di aver frainteso. È colpa mia. Spero di averti restituito tutto. Non vorrei che tu mi accusassi di averti derubato.

–Alabama

Abe si rese conto che si era massaggiato il petto mentre leggeva la lettera. Sapeva che avrebbe dovuto avercela con Alabama. L'alfa dentro di lui avrebbe voluto punirla per avergli buttato in faccia tutto quello che aveva fatto. Superficialmente, spedire il denaro poteva sembrare un gesto meschino, come aveva detto lei stessa, ma Abe conosceva Alabama abbastanza bene da sapere quanto ciò le avesse fatto male. La donna stava solo cercando di proteggersi.

Abe si chinò e raccolse il denaro, rimettendolo nella busta. L'avrebbe restituito il prima possibile. Nel frattempo, avrebbe dovuto trovare un modo per aiutare la sua donna.

"Aiutami, Wolf. Aiutami a trovarla."

"D'accordo, Abe."

Avevano cercato Alabama per due giorni di fila, senza risultati. Era incredibile come una persona potesse semplicemente sparire. Abe sarebbe rimasto colpito, se non fosse stato così preoccupato per lei. Persino Tex non era riuscito a trovare informazioni attendibili per aiutare le ricerche. Era come se Alabama fosse svanita dalla faccia della Terra.

La squadra si era divisa per coprire la città, prendendo ciascuno una direzione diversa. Non l'avevano trovata, ma avevano sentito delle storie. La prima volta che Abe aveva sentito qualcuno parlare di Alabama, si era entusiasmato, credendo che fossero vicini, ma non era il caso.

Erano entrati in un piccolo negozio di alimentari con la foto di Alabama, chiedendo ai proprietari e ai dipendenti se l'avessero vista. Così era. Il commesso aveva spiegato che la donna aveva comprato cinque confezioni di quei noodle preconfezionati che andavano forte fra gli studenti. Cinque. Uno scontrino totale di un dollaro e quarantadue centesimi. La donna aveva pagato con gli spiccioli contati. Il commesso proseguì dicendo che l'aveva notata perché, dopo l'acquisto, l'aveva guardata attraversare la strada, inginocchiarsi accanto a uno dei senzatetto locali e dargli uno dei pacchetti e, a quanto pareva, il resto delle monetine che le erano rimaste.

La squadra aveva lasciato il negozio e aveva cercato di trovare il senzatetto. Non avevano trovato la persona in questione, ma avevano parlato con altre due donne senzatetto, che dicevano di aver incontrato Alabama. Avevano detto a Abe di quanto Alabama fosse stata dolce con loro e di come le avessero permesso di dormire in strada con loro, una notte.

Abe stava perdendo la testa. Aveva in tasca più di mille dollari che appartenevano ad Alabama e lei dormiva letteralmente per strada e mangiava dei fottuti noodle precotti. Avrebbe voluto mettersi a urlare per la frustrazione. La sua donna non avrebbe dovuto vivere in quel modo. Avrebbe dovuto essere nel suo letto, accoccolata accanto a lui. Al sicuro. Ma lui l'aveva gettata in mezzo a una strada. Lui.

Quella sera, dopo un'altra giornata di ricerche infruttuose, Wolf ne aveva piene le tasche. "Cristo, è stato più facile trovare dei terroristi in Paesi del terzo mondo. È ora di smetterla di tergiversare. Dobbiamo tenderle un agguato."

"Assolutamente no," protestò subito Abe; non gli piaceva l'idea di raggirare Alabama.

Wolf ribatté immediatamente: "Vuoi trovarla, Abe? O vuoi che trascorra un altro giorno e un'altra notte per strada, mangiando chissà che cosa, incontrando chissà che razza di persone?"

Perdiana, se la metteva così, Abe era perfettamente d'accordo a fare qualunque cosa Wolf volesse fare, se ciò significava trovare Alabama. "Cosa proponi?"

"Dobbiamo farla incontrare di nuovo col suo avvocato. Alabama si fida di lei. Dobbiamo parlare con lei e convincerla a stabilire un incontro. Perdiana, l'avvocato deve incontrare comunque Alabama. Deve farle firmare i documenti che attestano che è libera e che le accuse sono state lasciate cadere. Non sappiamo nemmeno se Alabama sappia che Adelaide e Joni sono state arrestate per falsa testimonianza. I nastri della sicurezza dimostrano che Alabama non ha rubato nulla e che Adelaide e Joni l'hanno incastrata."

"Buona idea."

"Non sono sicuro che tu dovresti essere presente quando la incontreremo, Abe," disse Benny.

"Un corno!" disse con veemenza Abe. "Io devo esserci. Sono stato io a cominciare e io finirò. Ho bisogno di lei."

Di fronte al tono angosciato della voce del suo amico, Benny cedette. "Almeno lascia che ci assicuriamo che non scappi prima che tu le parli."

Con riluttanza, Abe annuì. Sapeva bene quanto gli

altri che, se Alabama avesse visto lui per primo, avrebbe fatto esattamente quello: scappare. Lui se lo meritava, ma sperava che Alabama gli avrebbe dato la possibilità di strisciare per terra. "D'accordo, organizzate l'incontro. Forza."

Ci vollero due giorni prima che l'avvocato di Alabama riuscisse a contattarla e un altro giorno prima che l'incontro avvenisse. I SEAL rimasero colpiti dall'avvocato. Per quanto detestassero la cosa, lei era riuscita a trovare Alabama nel giro di quarantotto ore.

A Abe non importava come avesse fatto, solo che lui avrebbe potuto finalmente vedere Alabama. Non aveva dormito bene da quando si era reso conto di essersi comportato come un coglione. Tutte le sere, si addormentava chiedendosi se Alabama stesse bene e si svegliava domandandosi la stessa cosa. Il suo comandante stava cominciando ad averne piene le tasche di lui *e* della sua squadra. Erano inutili sul lavoro e tutti sapevano che la cosa doveva finire, prima o poi. A Abe, tuttavia, non importava un cazzo. Ora, la cosa più importante della sua vita era Alabama. Più importante del lavoro, più importante del Paese, più importante di tutto.

Abe camminava avanti e indietro nel corridoio del rifugio per senzatetto, in attesa che Wolf gli desse il via libera. Alabama avrebbe dovuto incontrare l'avvocato nel giro di dieci minuti. Erano tutti col fiato sospeso, nella speranza che la donna si facesse davvero viva.

Il piano era di permettere che l'avvocato parlasse per prima cosa con Alabama e le desse la notizia della caduta delle accuse. Ciò fatto, Wolf e Dude sarebbero entrati nella stanza e avrebbero spiegato ad Alabama che erano lì per parlare con lei. Una volta assimilata la notizia del loro arrivo, Abe sarebbe entrato. Avevano pianificato tutto, ma nessuno sapeva come avrebbe reagito Alabama.

Alabama era stanca. Era sporca, indolenzita, affamata e perennemente terrorizzata. Vivere per strada era spaventoso. Non era come nei film, dove il protagonista incontrava solo persone gentili e premurose. La gente si drogava, era disperata e non esitava a fare il necessario per ottenere ciò che voleva. La realtà non somigliava minimamente nemmeno a *Pretty Woman*. Nelle ultime due sere, Alabama aveva cercato di evitare un protettore locale. Sapeva che, se l'uomo avesse potuto, l'avrebbe messa in pochi istanti a lavorare per lui.

Aveva trascorso quante più notti possibili al rifugio, ma quando aveva sentito dire che Abe la stava cercando, si era data alla fuga. Non voleva che l'uomo la trovasse. Le avrebbe fatto troppo male. Stava cercando di capire cosa fare, dove andare e come arrivarci.

Quando aveva saputo che il suo avvocato aveva bisogno di parlare con lei, aveva accettato di incontrarla. Alabama non vedeva l'ora di andarsene via da Riverton, ma doveva assicurarsi di poterlo fare legalmente. Per quanto le sarebbe piaciuto lasciare subito la città, sapeva che non sarebbe riuscita ad andare lontano se fosse stata ricercata per aver violato la libertà su cauzione e aver lasciato lo Stato. Per cui, era rimasta.

L'ultima volta in cui Alabama aveva parlato col suo avvocato, la donna si era detta convinta che le accuse sarebbero presto cadute. Le aveva spiegato che nel palazzo dell'agenzia immobiliare c'era una telecamera di sicurezza. Le aveva chiesto schiettamente se avesse rubato qualcosa. Quando Alabama aveva scosso con fermezza la testa, l'avvocato si era limitata ad annuire e aveva detto: "Lo immaginavo."

All'epoca, Alabama aveva pensato che fosse molto triste che un severo avvocato le avesse creduto senza fare domande mentre Christopher, l'uomo che aveva detto di amarla, non le aveva dato nemmeno la possibilità di spiegarsi. Alabama si rifiutò di permettere alla sua mente di imboccare nuovamente quella strada. Quella parte della sua vita era finita. Era tempo di andare oltre. Certo, era più facile a dirsi che a farsi, ma lei ci stava provando.

Alabama si sedette sulla sedia di fronte al suo avvocato. Aveva lasciato la valigia vicino alla porta mentre entrava. Si sentiva sporca. Perdiana, *era* sporca. Non faceva una vera doccia da giorni e i suoi capelli avevano disperatamente bisogno di una lavata. Voleva solo sentirsi dire che era libera di andarsene, dopodiché sarebbe sparita.

"Alabama, ho ottime notizie," esclamò l'avvocato, senza farla aspettare. "Le registrazioni delle telecamere di sicurezza hanno dimostrato proprio quello che pensavamo. Sono state Adelaide e Joni a mettere quel denaro nel tuo carrello; è tutto registrato. Sono appena tornata dall'ufficio del procuratore distrettuale: tutte le accuse contro di te sono cadute."

L'avvocato fece una pausa, come per attendere che Alabama facesse i salti di gioia o qualcosa di simile.

Alabama rimase seduta. Evviva. Era innocente. Sai che roba. Era sempre stata innocente. Ma era felice di quella decisione, perché significava che poteva andare. Inclinò la testa rivolta al suo avvocato, come per chiedere *Ha finito?*

"Non ho finito." L'avvocato aveva interpretato alla perfezione il gesto di Alabama. "Ci sono dei tuoi amici che ti stanno cercando. Ho accettato di permettere loro di unirsi a noi."

Alle sue parole, Alabama balzò in piedi. *No!* Non voleva vedere nessuno. Non poteva.

Proprio mentre l'avvocato finiva di sganciare la bomba, Matthew e Faulkner entrarono nella stanza. Ai loro occhi bastò uno sguardo per inquadrarla. Videro la sua valigia malconcia vicino alla porta. Videro il suo aspetto stanco e trascurato. Videro il panico nei suoi occhi.

"Siediti, Alabama," disse severamente Wolf. "Vogliamo parlarti."

Alabama non voleva sedersi. Voleva andarsene. Fulminò con lo sguardo il suo avvocato. Perché le aveva giocato quel tiro? E lei che l'aveva persino trovata simpatica. Dannazione.

Faulkner la raggiunse, le prese con fermezza un braccio e la riaccompagnò al posto che Alabama aveva appena lasciato vacante. Si sedette al suo fianco, mentre Matthew prendeva posto sul fianco opposto. Faulkner appoggiò un braccio sullo schienale della sua sedia e si mise l'altro sul ginocchio. Matthew si limitò a voltare la sedia verso di lei, appoggiò i gomiti alle ginocchia e si sporse verso Alabama.

"Va tutto bene, tesoro?" chiese a bassa voce Matthew. Avrebbe voluto toccare la donna distrutta che aveva di fronte, ma sapeva che non spettava a lui farlo. Quella era la donna di Abe. Lui doveva cercare di riparare a quello che aveva fatto Abe. Certo, Abe non aveva detto loro esattamente cosa fosse accaduto quando era andato da Alabama alla stazione di polizia, ma era palese che, di qualunque cosa si trattasse, l'aveva distrutta. Quando la donna non gli rispose, Wolf sollevò per un attimo lo sguardo su Dude, quindi ritentò.

"D'accordo, era una domanda stupida. È palese che non va tutto bene. Ascoltami, d'accordo?"

Senza darle la possibilità di accettare o rifiutare, Wolf proseguì. "Conosco Abe da buona parte della sua vita adulta. Abbiamo fatto il BUD/S insieme. Il BUD/S è dove si impara a diventare SEAL. Io gli ho salvato la vita e lui ha salvato la mia. Diverse volte. È stato lui a convincermi a tirare la testa fuori dal culo quando ero pronto a lasciare Caroline. Mi ha fatto capire che mi stavo comportando da stupido e che stavo permettendo alla mia ragione di interferire col mio cuore."

Wolf tacque per prendere la mano di Alabama. Notò la quantità di sporcizia sotto le unghie ed ebbe un sussulto. Cristo. Che ingiustizia.

"Abe ha fatto una cazzata, Alabama."

A quelle parole, Alabama sollevò la testa e guardò Matthew per la prima volta. Si sarebbe aspettata che l'uomo la implorasse di perdonare Christopher. Che le dicesse che era un grand'uomo. Che prendesse le parti del suo amico e le raccontasse una storia strappalacrime su quello che aveva passato. Era pronta a quello. A quello poteva resistere. Non era pronta al fatto che Matthew avesse parlato male tanto duramente del proprio amico.

"Sì, lo so. Pensavi che sarei venuto qui e ti avrei detto che lui è un uomo fantastico e che dovresti tornare con lui. Per la miseria, io penso *davvero* che dovresti tornare con lui, ma capirei benissimo se tu non lo facessi. Ha commesso un grosso errore, Alabama. Lui lo sa. Tu lo sai. Noi lo sappiamo. Ma quello che non sai è quanto se ne è pentito."

Quando Alabama cominciò a scuotere la testa, l'uomo le strinse la mano.

"Lo so. Il pentimento non cambia quello che ti è

successo. Non cambia il fatto che hai perso la casa, che hai trascorso tre notti in prigione. Non cambia il fatto che, al momento, sei senza una casa e senza un soldo. Non cancella le parole che lui ti ha detto, la sofferenza che tu provi. Ma *potrebbe* cambiare il tuo futuro. Quello che Abe non ha mai voluto raccontarti è la *vera* storia di come ha acquisito il soprannome di Abe. Io lo farò. Sempre che tu mi ascolti..."

Alabama non voleva ascoltare. Non voleva proprio. Voleva odiare Christopher. Voleva disprezzarlo, ma non ce la faceva. Lo amava. Lo amava ancora. Nonostante quello che lui le aveva detto, lei lo amava ancora. Ricordava ogni singolo istante che avevano trascorso insieme. Ricordava tutte le notti che avevano trascorso ad amarsi a vicenda.

Il cuore le batteva all'impazzata nel petto. Era spaventata a morte. Christopher poteva farle del male. Le *aveva* fatto del male. Ma se c'era anche solo una possibilità su cento di riaverlo, lei doveva correre il rischio. Rivolse a Matthew un cenno per chiedergli di proseguire.

"Brava. Sono davvero orgoglioso di te. Sei la donna più coraggiosa che io abbia mai conosciuto... beh, con l'eccezione della mia Ice." L'uomo sorrise, per farle capire che stava scherzando. Poi tornò serio e proseguì.

"Quando Abe era un bambino piccolo, non conosceva molto bene suo padre. Quell'uomo arrivava a casa e poi ripartiva per mesi e mesi. Abe non aveva capito cosa stesse succedendo. Quel genere di cose confondono un bambino piccolo. Quando aveva undici anni, suo padre se n'è andato e non è più tornato a casa. Sua madre gli ha detto che era morto. Abe non ha sofferto davvero, perché non conosceva molto bene suo padre. Solo da adolescente ha scoperto che sua madre gli aveva mentito. Aveva mentito per proteggerlo, ma quella consapevolezza lo ha cambiato comunque in maniera fondamentale.

"Il padre di Abe aveva una seconda famiglia. Già, una famiglia intera. Trascorreva la maggior parte del tempo con quell'altra famiglia e non con quella di Abe. Tornava a casa ogni tanto, per fare presenza, ma poi se ne andava. È rimasto ucciso quando il fratello di una *terza* donna con cui si era messo e aveva avuto dei figli ha scoperto della sua doppia, beh, tripla vita e gli ha sparato. Abe non si è arrabbiato con sua madre. Come tu ben sai, ancora oggi sono molto legati. Ma il fatto che suo padre avesse mentito a tutti – per la miseria, che avesse mentito a tre donne diverse e a un totale di otto ragazzini – gli ha fatto un certo effetto.

"Abe mi ha detto tutto una sera in cui era completamente ubriaco, bada bene. Il tradimento di suo padre ha contribuito a fare di lui l'uomo che è oggi. È vero che non gli piace quando la gente ruba, ma sono soprattutto le menzogne quello che non sopporta. Adesso cercherò di spiegarti cos'è successo l'altro giorno. Ti prego di capire che non intendo giustificare in alcun modo il suo comportamento. Ma forse, saperlo potrebbe aiutarti a capire dove aveva la testa."

Alabama non era certa di voler ascoltare. L'intera situazione era assurda. Guardò Faulkner, che era rimasto seduto per tutto il tempo col braccio sullo schienale della sua sedia. L'uomo si limitò ad annuire, incoraggiandola. Faulkner aveva la mascella serrata e sembrava incazzato. Alabama non credeva che ce l'avesse con lei, ma il controllo che trasudava da tutti i pori del suo corpo era sconcertante. Alabama si voltò nuovamente verso Matthew.

L'uomo proseguì. "Come sai, abbiamo appena trascorso dieci giorni in un buco infernale in un Paese del terzo mondo. Non posso dirti cosa stavamo facendo là o perché ci fossimo, ma come puoi certamente immaginare, non era certo per fare quattro chiacchiere. Ma mentre aspettavamo di tornare a casa, Abe e io abbiamo parlato. Era la nostra prima missione da quando voi due vi siete messi insieme. Lui sentiva la tua mancanza e si preoccupava. Stava impazzendo, perché non si era mai sentito così in missione. Ha commesso degli errori. Nulla che potesse far ammazzare noi o lui, ma comunque degli errori. La cosa lo stava divorando. Abbiamo parlato di come farci i conti. Mi è successa la stessa cosa durante la mia prima missione dopo essermi messo con Caroline. Lui era felice di tornare a casa da te. Non avevamo dormito molto. Anzi, credo che lui fosse rimasto sveglio per quarantotto ore circa. È andato subito a casa da te e probabilmente voi due non avete dormito molto nemmeno quella notte." Wolf sorrise.

Alabama arrossì. Wolf non fece commenti, ma le strinse la mano. "Avevamo appena riparlato della missione e discorso degli errori commessi. Lui era distrutto. Pensava di averci delusi tutti. Poi ha saputo di te, di quello di cui eri accusata. Stava in piedi grazie alla sola adrenalina e a circa tre ore di sonno negli ultimi tre giorni. Aveva appena scoperto quanti errori aveva commesso perché aveva pensato a te e non al lavoro. Non pensava lucidamente ed era ferito e imbarazzato. Non riusciva a separare, nella sua mente, ciò che ha fatto suo padre con quello di cui eri accusata tu. So che quello che ti ha detto è imperdonabile, Alabama. Siamo tutti incazzati con lui."

A quelle parole, Alabama sollevò lo sguardo. Era imbarazzata per il fatto che tutti i ragazzi sapessero quello che era accaduto, ma all'improvviso era anche dispiaciuta per Christopher. Quelli erano i suoi amici. Lei era l'ultima arrivata del gruppo; gli altri non avrebbero dovuto schierarsi con lui?

"Puoi perdonarlo, Alabama?"

Alabama abbassò lo sguardo in grembo. Se non fosse capitato a lei, lo avrebbe perdonato in un istante. Ma *era* capitato a lei.

Faulkner le strinse la spalla senza dire una parola, si alzò dalla sedia e uscì dalla stanza. Alabama sollevò lo sguardo e vide che anche il suo avvocato se n'era andato. Trasse un respiro profondo e guardò Matthew.

"Non lo so," mormorò, rispondendo onestamente a Matthew.

"Provaci, Alabama. Provaci. Il vero amore capita una sola volta nella vita. Quell'uomo ti ama. Darebbe la vita per te. Fidati; lo so." Matthew si alzò, le prese le mani, baciò il dorso di entrambe – ignorando la sporcizia – e uscì dalla stanza.

Alabama rimase seduta al tavolo, riflettendo. Cosa fare, ora? Non ne aveva idea. Era libera, ma continuava a non possedere denaro. Lanciò un'occhiata in direzione della sua borsa, che aveva lasciato vicino alla porta, e sussultò.

Christopher era vicino alla porta chiusa, che la guardava in silenzio. Da quanto era lì? Sotto lo sguardo di Alabama, l'uomo scivolò lentamente a terra e si fermò con la schiena alla porta, le gambe tese di fronte a sé. Non disse nulla, ma continuò a fissarla.

Alabama si alzò su gambe tremanti e girò attorno al tavolo. Non aveva paura fisicamente di lui, ma frapporre della distanza fra loro era l'unica cosa che potesse fare, al momento, per sentirsi al sicuro.

Abe fece una smorfia di fronte alla reazione di Alabama. Chiuse gli occhi per un istante, quindi li riaprì. "Merito la tua sfiducia. Lo so. Ma vederla è terribile. Rimedierò, anche se dovesse volerci il resto della mia vita. Lo giuro."

Alabama non sapeva cosa fare. Parte di lei avrebbe voluto balzare in piedi e correre da Christopher. L'altra parte, la bambina di sei anni che era stata rinchiusa in uno stanzino innumerevoli volte e aveva imparato a non aspettarsi alcuna gentilezza, rimase immobile e silenziosa.

Abe sospirò. Cristo. Non si era permesso di pensare a ciò che le aveva detto quel giorno nella stanza degli interrogatori. Alabama aveva avuto una paura mortale ed era stata enormemente sollevata nel vederlo, e lui aveva detto l'impensabile. Le aveva gettato l'amore in faccia come se non significasse nulla.

"Se importa qualcosa, devi sapere che ho rovinato Adelaide."

Quando l'uomo non aggiunse altro, Alabama inarcò un sopracciglio.

"Dovrà rispondere a delle accuse per aver inventato quella roba su di te, ma scoprirà presto che non avrebbe dovuto prenderti di mira."

"Christopher." La voce di Alabama era tormentata e arrugginita per lo scarso utilizzo. Lei non aveva mai voluto che l'uomo facesse una cosa del genere per lei. E se si fosse cacciato nei guai per via di quello che aveva fatto? Alabama non sapeva *cosa* avesse fatto, ma era evidente che Christopher aveva le conoscenze necessarie per combinare di tutto.

"Cristo, dolcezza," disse Abe con voce strozzata. Detestava sentire la fragilità nella voce di Alabama. La donna era passata dal parlare liberamente al non parlare per niente nel giro di poche settimane. Ed era tutta colpa sua.

Alabama scacciò le lacrime. Le era mancato che lui

la chiamasse "dolcezza," ma non era pronta a fidarsi nuovamente di lui. Non poteva.

"Detesto che tu non ti senta al sicuro con me, Alabama. So che è colpa mia. Lo so, ma lo detesto. Voglio che tu ti senta al sicuro. Farò qualunque cosa necessaria perché torni di nuovo così. Spero che potrò far parte della tua vita quando ciò accadrà, ma in caso contrario me la caverò. Per me è importante sapere che sei al sicuro, felice e protetta."

Alabama stava piangendo, ora.

Abe proseguì, costringendosi a rimanere seduto e a non attraversare di corsa la stanza per abbracciarla, e cercò di ignorare le sue lacrime. Ciascuna di esse era un colpo al cuore. "Per quel che importa, mi dispiace. Mi sbagliavo. Sono stato uno stronzo. Ti ho fatto del male e avrei dovuto fidarmi di te. Quello che ho detto è ingiustificabile. Sai di cosa sto parlando."

Alabama lo sapeva. Non era pronta a perdonarlo, ma quella scusa semplice e diretta significava molto. Non sapeva quante persone fossero capaci di ammettere spontaneamente di avere torto. Per non parlare di scusarsi nella stessa frase.

"Farei qualunque cosa, e intendo *qualunque* cosa, per rimangiarmelo, ma non posso. Tutto quello che posso fare è tirare avanti e dirti che non accadrà di nuovo. So che non puoi crederci, ora, ma posso dirti con una certezza del centoventi per cento che non ti deluderò di nuovo."

Abe trasse un respiro profondo. Sapeva che Alabama

non sarebbe corsa fra le sue braccia, ma gli faceva comunque male vederla farsi piccola dietro al tavolo dall'altra parte della stanza.

"Caroline è venuta a portarti a casa sua. Hanno preso tutte le cose che erano rimaste nel tuo appartamento e le hanno messe da parte quando ti hanno sfrattata. Ieri sono andati a prenderle e le hanno portate nel loro seminterrato. Potrai restare laggiù quanto vorrai. Ho parlato con una delle specialiste delle Marina alla base e le ho parlato un po' di te. Le piacerebbe molto parlarti... se sei d'accordo. Ho lasciato il suo contatto a Caroline. Io manterrò le distanze. Non sarai costretta a scappare per non parlare con me."

Abe trasse un altro respiro, si alzò lentamente e afferrò la maniglia della porta per reggersi. "So che mi odi, dolcezza, e non ti biasimo. Ma ti assicuro che io mi odio di più. Tu non te lo meriti. Meriti una persona migliore di me. Meriti una persona che non ti deluderà. Spero davvero tanto che un giorno potrai perdonarmi."

Abe aprì la porta e fece segno a Caroline che aveva finito. Wolf le aveva permesso di venire con lui e lei aveva aspettato in corridoio. Lo oltrepassò sfiorandolo, ignorandolo completamente, e corse nella stanza dalla sua amica.

Wolf era in disparte in corridoio, aspettando Abe quando questi uscì dalla stanza.

"Allora?"

"Mi ha ascoltato."

"E?"

"Non lo so. Tocca a voi convincerla a restare. Sono sicuro che vuole scappare. E non posso dire di biasimarla. Prenditi cura di lei, per favore."

"Senti, non diciamo stronzate, Abe. Tu non rinuncerai a lei. Non puoi. Non mi hai permesso di rinunciare a Caroline; io non ti permetterò di rinunciare ad Alabama."

"Non dipende da me, Wolf. Spetta a lei decidere. Non è la stessa cosa di te e Ice. Non la biasimerei se non mi rivolgesse più la parola in vita sua; l'ho fatta davvero grossa. Ma spero che tu e Caroline riusciate a fare breccia nelle sue difese. A convincerla a vedere quella specialista."

Wolf appoggiò una mano sulla spalla del suo amico. "Faremo il possibile. Alabama cambierà idea. Lei ti ama."

"E io amo lei. Più di quanto credevo possibile amare. Ma le ho fatto del male. No, l'ho distrutta. Se fossi al posto suo, non sono certo che mi perdonerei."

"Lo farà, Abe. Lo farà."

"Lo spero. Lo spero davvero."

CAPITOLO VENTI

ALABAMA DORMÌ per diciotto ore di fila. Caroline l'aveva portata a casa sua, l'aveva stretta in un forte abbraccio e l'aveva lasciata sola nell'appartamento seminterrato. Era proprio quello di cui Alabama aveva bisogno: di un po' di tempo da sola per assimilare tutto ciò che era accaduto nell'ultimo mese, di un posto sicuro dove rinchiudersi e ritrovare l'equilibrio. Aveva vissuto tante di quelle emozioni da essere esausta. Era stata spaventata, confusa, ferita, triste, insicura e semplicemente stanca.

Alabama aveva fatto una lunga doccia calda, praticamente scorticandosi; poi, prendendosi a malapena il tempo di asciugarsi prima di indossare una maglietta, si era lasciata ricadere sul letto.

Si era svegliata disorientata e confusa prima di ricordare dove si trovava. Le sembrava di avere la bocca piena di cotone e sapeva che, se avesse alitato addosso a qualcuno, lo avrebbe fatto stramazzare col suo fiato spaventoso.

Gemette, si alzò dal letto ed entrò barcollando nel bagno. Dopo un'altra lunga doccia calda, si sentì più in forma. Aveva dimenticato di non avere vestiti puliti – tutto quello che aveva era stato in deposito e aveva bisogno di essere lavato – ma quando uscì nella stanza vide una pila di vestiti su una sedia in un angolo. Palesemente, Caroline le aveva portato alcune delle sue cose.

Alabama indossò il paio di pantaloni della tuta e la semplice maglietta, senza intimo. Si chiese se andare di sopra o no. Caroline aveva messo in chiaro che lei era più che benvenuta, ma Alabama non sapeva se fosse pronta a parlare... o a non parlare. Erano bastate due dolorose parole dalla bocca di Christopher per riportarla nelle condizioni in cui si trovava quando lo aveva conosciuto. Sospettosa e a disagio quando parlava con la gente. Era tornata alla vecchia abitudine di tenere la bocca chiusa a meno che non fosse assolutamente necessario.

Sospirò. Sarebbe stato scortese chiudersi nel seminterrato; e poi, aveva davvero sentito la mancanza di Caroline. L'altra donna era diventata una buona amica nel breve periodo da che si conoscevano.

Alabama salì le scale, aprì la porta della cantina ed entrò in cucina. Il profumo di bistecche sulla griglia le fece venire l'acquolina in bocca. All'improvviso, stava morendo di fame.

Non vide nessuno in giro, ma sapeva che Caroline e

Matthew dovevano essere da qualche parte. Invece di ficcare il naso, prese una sedia dal tavolo della cucina e si sedette.

Non molto tempo dopo, Caroline entrò dalla stanza accanto.

"Alabama! Sei sveglia!"

Lei sorrise timidamente e annuì.

"Sono felicissima che tu sia salita. Hai fame?"

Ancora una volta, Alabama annuì, con un po' più di entusiasmo.

"D'accordo. Matthew sta cucinando delle bistecche. Prepara sempre carne sufficiente per una squadra di hockey. Ce n'è abbastanza anche per te. Va bene?"

Questa volta, Alabama si costrinse a fare qualcosa di più che annuire. "Sì, suona benissimo."

Caroline parve triste per un momento, poi si incamminò verso di lei e le si inginocchiò di fronte per terra, circondandole la vita in un forte abbraccio. Aveva la testa tuffata nel grembo di Alabama e, quando parlò, la voce le uscì attutita. "Eravamo preoccupatissimi. Grazie a Dio, ti abbiamo trovata e stai bene."

Alabama era sconvolta. Non aveva idea che Caroline si fosse sentita in quel modo. Prima che lei potesse rispondere, la donna sollevò la testa, tenendole le braccia attorno, e continuò a parlare.

"Non fare mai più una cosa del genere. Se dovessi avere paura, o sentirti poco bene, o *qualunque cosa*... chiamami. Verrò da te e troveremo una soluzione... d'accordo?"

Alabama non capiva. "Ma ci conosciamo a malapena."

"Scemenze. Ci conosciamo, Alabama. Tu mi piaci. Sei mia amica. E mi piacerebbe pensare di essere a mia volta tua amica. Mettiamola così: se io ti chiamassi e ti dicessi che ho finito la benzina, tu mi aiuteresti?"

"Certo." Alabama non dovette nemmeno pensarci. Caroline era stata più gentile con lei di quasi tutte le altre persone a cui riusciva a pensare.

"Visto? Siamo amiche. È questo che fanno le amiche."

Alabama capì. Per la prima volta, capì. Lentamente, circondò Caroline con le braccia e rispose in ritardo al suo abbraccio.

Caroline sorrise e la strinse forte, poi la lasciò andare e le tese la mano. "Forza, mettiamo assieme qualche verdura da accompagnare alla carne del signor Cavernicolo."

Alabama sorrise e si alzò per dare una mano alla sua amica.

Più tardi, quella sera, Alabama era seduta sul letto nel seminterrato con Caroline. Dopo mangiato, Caroline aveva annunciato che avrebbero fatto un pigiama party. Lei non era mai rimasta sveglia fino a tardi con nessuno e, stranamente, era ansiosa di farlo.

Era davvero una sciocchezza. Aveva trent'anni, ma aveva bisogno di qualcuno con cui confrontarsi. Voleva parlare di tutto quello che le era successo. Aveva bisogno di una seconda opinione. Non si fidava delle sue emozioni.

Matthew era stato fantastico durante la cena. Non aveva fatto il nome di Christopher, né aveva parlato di argomenti sensibili. Aveva parlato e riso con Caroline e cercato di far sentire Alabama il più a suo agio possibile.

Più tardi, Caroline si era cambiata e aveva sceso le scale per raggiungere Alabama.

In quel momento, Alabama stava aspettando seduta a gambe incrociate sul letto. Avrebbe potuto guardare la televisione, ma non era nelle condizioni di prestare attenzione a qualcosa.

Caroline si sedette sul letto accanto ad Alabama e sorrise.

"Ti trovo meglio. Il sonno e il cibo ti sono stati d'aiuto."

Alabama fece uno sforzo cosciente per parlare con la sua amica. "Mi sento meglio. Grazie di tutto. Davvero."

Caroline liquidò i ringraziamenti con un gesto. "Parlami, Alabama. Matthew mi ha raccontato più o meno quello che è successo e ho visto quanto era triste Christopher, ma voglio saperlo da te. Cosa è successo?"

"Onestamente, non lo so, Caroline," rispose Alabama. "Avevo appena vissuto una delle notti più belle della mia vita, Christopher era tornato a casa sano e salvo da qualunque spaventosa missione avesse compiuto e poi, come se nulla fosse, ero in una stanza degli interrogatori ad aspettare che lui mi portasse fuori. Ma non lo ha fatto. Mi ha lasciata laggiù."

Alabama trasse un respiro profondo. Era difficile parlare della sua infanzia, ma sarebbe stato ancora più difficile raccontare a Caroline quello che aveva fatto Christopher.

"Mia madre mi maltrattava, quando ero piccola. Mi chiudeva in uno sgabuzzino e non voleva lasciarmi uscire. Mi diceva sempre di stare zitta e, se parlavo, mi picchiava. Non riesco a sentire le parole 'sta' zitta' senza ricordare le notti spaventose che trascorrevo raggomitolata in fondo a uno stanzino. O senza sentire lei che mi picchia."

"Oh, Alabama," disse Caroline, la voce velata di emozione. "Mi dispiace tanto."

Alabama sapeva che doveva tirare fuori il resto prima di perdere coraggio. "Pensavo che Christopher mi sarebbe rimasto accanto. Ma lui non mi ha permesso di dare spiegazioni. Continuava a inveire. Quando ho cercato ancora una volta di parlare con lui, mi ha detto di stare zitta." Ignorando il sussulto di Caroline, Alabama proseguì. "Ha detto l'unica cosa che sapeva per certo mi avrebbe strappato il cuore e se n'è andato. Mi ha *lasciata* lì. Ho trascorso tre delle notti più spaventose della mia vita in prigione e credimi, questo vuol dire tanto."

Caroline afferrò la mano di Alabama. "Conosco Christopher da un po', ormai, e sebbene non possa immaginare come ti senti, come *ti sei sentita* nell'udire quelle parole che gli uscivano dalla bocca, è palese che lui sta soffrendo."

Quando Alabama si irrigidì, Caroline si affrettò a proseguire. "So che anche tu stai soffrendo. Non voglio difenderlo, ma lui ti ama, Alabama. Ti ama tanto. Era di fronte a me che singhiozzava dopo aver saputo che avevi trascorso una notte in cella. La domanda è: quelle due parole hanno ucciso il tuo amore per lui?"

Alabama annuì immediatamente. Poi cambiò idea e scosse vigorosamente la testa. Poi prese il capo fra le mani e mormorò: "Non lo so."

"Sì che lo sai," disse convinta Caroline.

"Come fai a saperlo?"

"Guarda cosa indossi, Alabama."

A quella strana domanda, Alabama abbassò lo sguardo su se stessa. Non si era resa conto di cosa si era messa. Indossava una delle magliette di Christopher. Era evidente che l'aveva presa mentre metteva in valigia il minimo indispensabile, prima di essere sfrattata. Una delle magliette di Christopher era stata nel suo cassetto, piegata, e lei l'aveva messa in valigia.

Alabama si rese conto di averla indossata a ogni opportunità. Si sentiva più vicina a lui quando indossava quella maglietta. Per un po', essa aveva persino conservato il suo odore.

Caroline insistette. "Riesci a immaginare di andare via oggi, di lasciare Riverton e trasferirti dall'altra parte del Paese, senza rivederlo mai più?"

"Forse è meglio così. Non so se riuscirei mai più a fidarmi di lui, figuriamoci a perdonarlo."

"Mettiamola così: come ti sentiresti se lui partisse per una missione e non tornasse mai più? Se rimanesse ucciso in azione?"

Alabama non ci pensò nemmeno. "Non dirlo, Caroline! Cristo, non dire una cosa del genere! Non puoi... lui non..." Le vennero le lacrime agli occhi.

"Mi dispiace, Alabama. Dovevo farti *pensare*. Lui vive tutti i giorni sul filo del rasoio. *Tutte* le volte che escono da casa, c'è la possibilità che non tornino più. Non credi che anche io lo detesti? Vivo con l'ansia tutte le volte che Matthew parte. Ma mi fido di lui. Mi fido della sua squadra. Mi fido del suo amore. Devi trovare il modo di perdonarlo. Lo ami. Lascia che quell'amore ti guidi."

"Ma..."

"Niente ma, Alabama. Ti garantisco che Christopher non ti dirà mai, *mai* più quelle cose di nuovo. E non permetterà che nessun altro le dica. Non permetterà che nessuno le *pensi*. Ha imparato la lezione. Se tu credevi che fosse protettivo prima, non hai visto nulla."

"Cosa intendi?" chiese Alabama. La sua mente stava andando in un milione di direzioni diverse. Adorava Christopher. Soffriva ancora in maniera terribile per quello che lui aveva fatto, ma sapeva che, se non lo avesse mai più rivisto, ne sarebbe uscita devastata.

"Quell'uomo ha messo sottosopra la città per trovarti. Tutte le volte che qualcuno gli suggeriva di lasciar perdere, perdeva la testa. Tutte le volte che qualcuno anche solo *insinuava* che tu potessi essere colpevole, lui perdeva la testa. Hai presente il tuo avvocato? È stato Hunter ad assumerla, ma Christopher la tormentava tutti i giorni per avere informazioni su di te quando stavano cercando di trovarti. Si è assicurato che si concentrasse sul tuo caso e solo su di esso. E non so se te l'ha detto, ma ti assicuro che anche Adelaide rimpiangerà di essersela mai presa con te."

Alabama era sconvolta. Non aveva idea che l'uomo si fosse preoccupato di lei fino a quel punto. Aveva pensato che l'avesse mollata, che avesse rotto senza rimpianti. "Mi ha detto che se ne sarebbe pentita, ma non è stato specifico. Cosa ha fatto ad Adelaide?"

"Beh, non lo so con precisione, ma Matthew mi ha accennato qualcosa. La squadra ha un buon amico di nome Tex, che abita in Virginia. Lui conosce molte persone ed è molto bravo con i computer. *Molto* bravo. Adelaide è in rovina. Hanno 'rubato' la sua identità. Abe ha detto a tutti i suoi amici quello che ha fatto ed è andato a parlare con gli Wolfe. Non ha più un lavoro, adesso, e mi stupirebbe se qualcuno dei suoi amici le rimanesse vicino."

"Ma è... è una cattiveria."

Caroline rise amaramente. "Alabama, quella non è una cattiveria. Quello che quella stronza ha fatto a *te* è stata una cattiveria."

"Ma... Christopher non è fatto così. Lui protegge le persone. È un eroe."

"Tesoro, quella donna ti ha minacciato. Ti ha fatto del male. È *lei* che ti ha fatta soffrire. Christopher è un assassino di professione; avrebbe potuto fare di peggio e ho la sensazione che lo avrebbe fatto, se Matthew e il resto della sua squadra non lo avessero trattenuto."

Di fronte allo sguardo sconvolto negli occhi di Alabama, Caroline proseguì a voce più bassa. "Lui ti ama. Ti ama tanto. Farebbe qualunque cosa per te; ti darebbe qualunque cosa tu desideri. Ti proteggerà a costo della vita. Devi solo perdonarlo e riammetterlo nella tua vita."

Una singola lacrima cadde finalmente dall'occhio di Alabama, scorrendo sulla sua guancia. "Vorrei farlo, ma..."

"No, niente ma. Aspetta qualche giorno. Lascia che si sistemi tutto. Sei al sicuro, qui. Potrai restare da sola fino a quando ne avrai bisogno. Puoi restare qui finché vuoi. Ho il nome di quella specialista alla base, se vuoi parlare con lei. Quando sarai pronta, fammelo sapere e io organizzerò un incontro. D'accordo?"

"D'accordo. Caroline?"

"Sì?"

"Non avevo mai avuto una migliore amica, in passato. Perdiana, non avevo mai avuto un'amica intima. Ma mi piacerebbe che tu fossi mia amica."

"Ragazza mia... Se così non fosse, dovrei prenderti a schiaffi."

Le due donne risero assieme, rompendo la tensione.

Finalmente, essendo stanche, sistemarono le coperte sul letto e vi si infilarono. Conclusa la conversazione seria, ridacchiarono e spettegolarono a lungo prima, finalmente, di addormentarsi.

CAPITOLO VENTIUNO

QUANDO ALABAMA SI SVEGLIÒ, Caroline non c'era più. Alabama non poteva biasimarla. Se Christopher fosse stato nei paraggi, probabilmente anche lei si sarebbe infilata nel suo letto. Aveva molte cose a cui pensare. Voleva perdonare Christopher, lo amava ancora, ma non aveva idea di *come* fare.

Poteva anche amarlo, ma non era sicura di avere ancora fiducia in Christopher. Questi aveva infranto la sua fiducia nella maniera più brutale possibile. L'aveva lasciata sola ad affrontare le accuse false, per non parlare del fatto che aveva permesso che lei trascorresse del tempo in cella.

Alabama sospirò. Come le aveva detto Caroline la sera prima, era meglio pensarci su per qualche giorno. Non aveva ancora deciso se avrebbe lasciato Riverton o meno, ma era abbastanza sicura che sarebbe rimasta.

Voleva conoscere meglio Caroline; e poi, Christopher e la sua squadra erano di stanza nei paraggi.

Alabama si alzò dal letto e fece una doccia. Piegò amorevolmente la maglietta di Christopher e la mise sotto il cuscino, per quando sarebbe stata pronta a tornare a letto. Salì di sopra, sperando di rivedere Caroline.

Caroline non c'era quando lei entrò in cucina, ma Matthew sì. L'uomo le disse che Caroline doveva lavorare, quel giorno: stava facendo progressi in un nuovo procedimento chimico. Matthew ammise senza problemi di non avere idea di cosa si trattasse, ma Caroline gli aveva chiesto di dire ad Alabama che sarebbe tornata a casa in tempo per la cena.

"Cosa c'è, Alabama? Si vede che hai qualcosa in testa. Vuota il sacco."

"È solo che... Non capisco perché voi mi permettiate di stare qui. Non fraintendermi: vi sono grata e Caroline mi piace molto, ma non capisco."

"Abe mi ha salvato la vita più di una volta. Ha salvato anche quella della mia donna. Caroline mi ha raccontato un po' di quello che hai passato quando eri bambina e sapevo già cosa ti aveva detto Abe. Sappiamo tutti che è stato inaccettabile e crudele e ce l'abbiamo un sacco con Abe per averlo fatto. Ma il punto è che tu sei ancora sua. Il fatto che tu sia sua, ti rende, di conseguenza, mia; e di Mozart, e di Cookie, e di Benny e di Dude. Abbiamo giurato di proteggerci a vicenda a costo della vita e il giuramento si estende anche alle nostre famiglie."

"Ma..."

"Niente ma," disse Matthew, interrompendola. "Spetta a noi proteggerti e questo significa proteggerti anche dalle parole crudeli, non importa chi le pronunci. Fino a quando non sarai pronta a parlare con Abe, sarai sotto la mia protezione. Nessuno si avvicinerà a te senza la mia autorizzazione. Quando io non ci sarò, ci sarà un membro della squadra. Ti daremo il tempo di cui hai bisogno per analizzare quello che è successo. Se, alla fine della riflessione, deciderai che non vuoi restare, rispetteremo la tua decisione. Ma ti avverto: probabilmente, cercheremo di convincerti a fare il contrario."

Alabama rimase a fissarlo. Non poteva dire sul serio. "Ma dovete lavorare."

"Sì, è vero, ma abbiamo stabilito un calendario e abbiamo ottenuto l'approvazione del nostro comandante. Ovunque tu voglia andare, qualunque cosa tu voglia fare, ci sarà uno di noi ad aiutarti."

Alabama si limitò a scuotere la testa. "Voi siete pazzi."

Wolf sorrise. "Abituatici."

I giorni che seguirono furono qualcosa di surreale per Alabama. Tutte le mattine, quando saliva di sopra, trovava ad aspettarla un membro diverso della squadra di Christopher. Una mattina, Hunter era ai fornelli che girava pancake. L'uomo le aveva chiesto in tutta calma cosa volesse bere. Un'altra mattina, aveva trovato Kason seduto a tavola, intento a mangiare ciambelle da un'enorme scatola. La terza mattina, Alabama aveva creduto che l'avessero finalmente lasciata da sola, ma poi aveva visto Faulkner seduto in auto fuori dalla casa. Quando era uscita a fare una passeggiata, l'uomo era uscito dall'auto e l'aveva seguita.

Matthew aveva ragione. Erano lì, a prendersi cura di lei, semplicemente perché pensavano che appartenesse a Christopher.

Alla fine, dopo che era trascorsa una settimana da quando si era trasferita nel seminterrato di Caroline e Matthew, Alabama pensava di essere pronta. Aveva ripercorso nella sua mente quello che era successo. Non *credeva* di avere torto, tranne forse per il fatto che avrebbe potuto parlare più velocemente e *costringere* Christopher a darle retta. Ma il punto era che lo amava ancora. Voleva vederlo; voleva sentire ciò che l'uomo aveva da dire.

Era sabato. Caroline, mentre tornava a casa dal lavoro il giorno prima, le aveva preso alcuni vestiti molto carini. Le aveva chiesto scusa per non averci pensato prima e aveva giurato che presto avrebbero trascorso una giornata al centro commerciale per assicurarsi che Alabama avesse tutto quello di cui aveva bisogno.

Alabama si approfittò degli abiti carini che ora

possedeva e indossò un paio di jeans con una canottiera. La canottiera, di per sé, non era sexy, ma mostrava più di quanto lei fosse abituata a mostrare. Sapeva che stava pensando troppo al fatto che avrebbe rivisto Christopher, ma non riusciva a farne a meno.

Quando entrò in cucina, Caroline e Matthew erano seduti su una sedia al tavolo. Caroline era nel grembo dell'uomo e i due erano così impegnati a baciarsi che non si accorsero nemmeno che lei era entrata nella stanza fino a quando Alabama non si schiarì rumorosamente la gola.

Alabama rise del rossore che si diffuse sul volto di Caroline. Guardò mentre la mano di Matthew si sfilava dalla maglietta della donna e la afferrava attorno alla vita. Ma l'uomo non le permise di saltare via dal suo grembo.

"Buongiorno, Alabama," disse l'uomo con la sua voce bassa e profonda. "Hai dormito bene?"

Alabama si limitò ad annuire. Questa volta, voleva saltare i convenevoli. Arrivò dritta al punto. "Sono pronta."

La coppia sapeva esattamente di cosa stava parlando.

"Fantastico," esclamò a bassa voce Caroline.

"Grazie a Dio," disse con fervore Matthew. Si chinò con Caroline in grembo e prese il telefono dalla tasca posteriore dei pantaloni. Sotto lo sguardo di Alabama, passò un dito sullo schermo per accenderlo e premette alcuni pulsanti, palesemente per inviare un messaggio. Nel giro di qualche istante, Matthew posò il telefono sul tavolo di fronte a sé e disse: "Lui sarà qui fra poco."

"Cosa?" Oddio. Di già? Sebbene Alabama avesse detto di essere pronta, ora che Christopher stava per arrivare sul serio, era in preda al panico.

"Sì, ha trascorso tutte le notti sul viale, in macchina."

Alabama pensò che stesse per scoppiarle la testa. Si sentiva come un pappagallo, che ripeteva tutto quello che udiva. "Cosa? Ha trascorso tutte le notti sul viale, in macchina?"

Matthew ridacchiò e accomodò Caroline più strettamente contro il suo petto, la testa della donna infilata sotto il mento. "Sì, voleva sorvegliarti di persona. Abbiamo cercato di convincerlo che eri al sicuro e che non ti sarebbe successo nulla nel nostro seminterrato, ma lui ha insistito."

"È... assurdo."

"No, tesoro," intervenne infine Caroline. "È amore."

Alabama non ebbe il tempo di dire nulla, perché il suono del campanello risuonò per la casa. Lanciò un'occhiata a Matthew e Caroline. I due non si erano mossi.

"Non andate ad aprire?" chiese loro.

Matthew rise. "Sappiamo tutti chi è, Alabama. Vai e dagli il colpo di grazia... a lui e a te."

Alabama trasse un respiro profondo e si incamminò lentamente verso la porta. Sapeva di aver detto di essere pronta, ma ora non ne era tanto sicura.

Aprì lentamente la porta. Si portò una mano al

petto. La sola vista di Christopher bastava a rievocare il dolore che aveva avvertito quando lui le aveva detto di stare zitta alla stazione di polizia.

Abe era di fronte ad Alabama, con le mani in tasca. Era terribilmente nervoso. L'aveva fatta grossa, ma tutto ciò che voleva era la possibilità di parlare con lei, di chiedere scusa.

"Ehi."

"Ehi."

"Grazie per aver accettato di vedermi."

Alabama si limitò ad annuire. All'improvviso, aveva di nuovo la lingua intrecciata. Sapeva che l'uomo non l'avrebbe insultata di nuovo, ma le veniva ancora difficile rivolgergli la parola come aveva fatto un tempo.

"Vuoi venire con me, oggi. Ti fidi abbastanza che io ti tenga al sicuro?"

Alabama annuì di riflesso. Non che non si fidasse di lui... non esattamente. D'accordo, non era del tutto vero. Sapeva che Christopher l'avrebbe tenuta al sicuro dai pericoli fisici; era per la sua sicurezza emotiva che era più preoccupata.

Abe esalò un lungo respiro, come se lo avesse trattenuto in attesa di risposta. "Hai bisogno di prendere qualcosa prima di andare?"

Alabama annuì. "Ci troviamo alla tua macchina?" Non sapeva perché, ma voleva parlare di nuovo con Caroline e Matthew prima di andare.

"D'accordo, dolcezza. Ti aspetto. Fai con calma."

Cristopher fece un passo indietro. Sembrava comprendere l'incertezza di Alabama.

Alabama chiuse la porta e andò in cucina. I suoi amici non si erano mossi. "Io esco."

"Ottimo. Ricorda quello di cui abbiamo parlato, Alabama," le disse Caroline in tono serio. "Dagli una possibilità."

"Posso..." Alabama fece una pausa, mordendosi il labbro.

"Cosa c'è, Alabama? Cosa vuoi chiedere?" Wolf raddrizzò la schiena mentre parlava.

"Posso chiedervi di venire a prendermi, in caso di necessità?"

Wolf sentì che Caroline stava per rispondere e le strinse con forza il fianco. Caroline rimase in silenzio e, lentamente, lui la scostò in modo da alzarsi. Baciò delicatamente Caroline, quindi si avvicinò ad Alabama.

Wolf si allungò verso di lei, attento a eventuali segni che lei si ritraesse. Alabama non lo fece e lui la avvolse nel suo abbraccio. "Certo che puoi, Alabama. Non mi importa dove sei o quando accadrà, se oggi oppure fra dieci anni. Se dovessi aver bisogno di me, o di Caroline, o di qualunque altro membro della squadra, chiamaci. Noi arriveremo di corsa. D'accordo? Non sei sola. Hai tutti noi, ora. Non ti lasceremo andare, non importa come andranno le cose oggi. Andrà tutto bene, ma se avrai bisogno di noi, ci siamo. Chiamaci e verremo. D'accordo?"

Alabama annuì. Wolf si staccò e la baciò sulla fronte.

"Ora vai. Cerca di goderti la giornata. Sistema gli argomenti pesanti in modo da stare di nuovo col tuo uomo. Fallo sudare, ma alla fine, torna con lui."

Alabama fece appello al poco di forza che sentiva di avere e si staccò. "D'accordo, grazie. Buona giornata, ragazzi."

Prese la borsetta e tornò verso la porta e Christopher.

Wolf prese il telefono e scrisse un rapido messaggio a Abe prima che Alabama fosse anche solo arrivata alla porta.

Alabama aprì la porta e uscì, guardando mentre Christopher si rimetteva il telefono nella tasca posteriore dei pantaloni e si incamminava verso di lei.

Abe era nauseato nel profondo dello stomaco. Aveva letto il messaggio di Wolf. Cristo. Alabama era rientrata per chiedere se gli altri sarebbero venuti a prenderla, se lei lo avesse chiesto. Voleva prendersi a calci da solo. Era tutta colpa sua. Alabama non si fidava di lui ed Abe non poteva certo biasimarla. Quel giorno era il primo passo nel processo di riconquista della sua fiducia. Abe non sapeva cosa avrebbe fatto se non fosse riuscito a guadagnarsela, ma avrebbe trascorso il resto della sua vita a provare, se solo lei gliel'avesse permesso.

"Sei pronta, dolcezza?" Il vezzeggiativo gli uscì di bocca senza che lui ci pensasse.

Alabama annuì e permise a Christopher di aprire la

portiera del passeggero. L'uomo la aiutò a entrare e le offrì la cintura. Una volta che lei se la fu allacciata, Abe chiuse la portiera e girò attorno alla macchina per prendere posto sul sedile del passeggero. Mentre avviava il motore, si voltò e guardò Alabama. Era bellissima. Aveva sentito la sua mancanza, ma era colpa sua. Aveva fatto molte cose di cui si era pentito, in vita sua, ma ferire Alabama era la peggiore.

"Pensavo di andare in centro, mangiare qualcosa e magari fare una passeggiata lungo la spiaggia. Ti va bene?" Non voleva fare nulla che potesse mettere Alabama a disagio.

"Sì." Alabama rispose lentamente, ma se non altro aveva risposto.

Abe trovò parcheggio in centro e insieme entrarono nel piccolo caffè trendy vicino al mare. Lui chiese un tavolo all'esterno, sperando che non essere chiusa fra quattro mura aiutasse Alabama a rilassarsi. Le permise persino di sedere con le spalle al muro.

Alabama capì quanto Christopher si stava sforzando di farla sentire a suo agio non appena l'uomo le offrì il posto con le spalle al muro. Le tornò in mente la conversazione che avevano avuto la prima volta che lui l'aveva portata a prendere un caffè, riguardante il suo bisogno di sedere con le spalle al muro in modo da vedere la stanza.

Alabama scosse la testa e prese invece l'altro posto. Christopher non lo avrebbe mai ammesso, ma lei ebbe l'impressione di vedere del sollievo nel suo sguardo.

Non avrebbe voluto prendere l'altro posto, ma lo avrebbe fatto se lei avesse voluto.

Ordinarono da bere e dei sandwich e rimasero in un silenzio imbarazzante per un paio di minuti. Alla fine, dopo che furono servite loro le bevande, Abe ruppe il silenzio.

"So di essermi già scusato, ma spero che mi permetterai di farlo di nuovo. Mi dispiace. Cristo, mi dispiace tanto."

Quando Alabama non disse nulla, ma continuò a guardarlo con occhi tristi, lui proseguì.

"Non ho nulla da dire a mia discolpa. Non avevo dormito molto, ho sentito quello di cui ti avevano accusata e ho pensato subito a quello stronzo di mio padre. Se solo mi fossi fermato a riflettere per mezzo secondo, avrei capito come stavano davvero le cose. Ma non l'ho fatto. Sono corso alla stazione di polizia e ti ho detto delle cose orribili. Non ci credevo."

Di fronte all'occhiata incredula di Alabama, Abe imprecò. "È vero, dolcezza, lo giuro su Dio. Ero confuso e ferito e mi sono sfogato su di te."

Quando Christopher smise di parlare e rimase immobile a guardarla, Alabama capì che doveva raccontargli le sue esperienze. Guardò la tovaglia invece di lui mentre parlava. "Pensavo che tu fossi venuto ad aiutarmi. Ero spaventatissima. Avevo chiesto alla polizia di chiamarti e sono rimasta davvero sollevata quando tu sei entrato. Quando hai detto... quella cosa... io non riuscivo a crederci. Non capivo."

Abe emise un suono strozzato, ma Alabama non sollevò lo sguardo. "Tutte le notti che ho trascorso in quella cella ero spaventata a morte. Alcune delle altre prigioniere mi dicevano delle... cose. Non sapevo se ne sarei uscita viva. Non riuscivo a mangiare. Non riuscivo a dormire per più di venti minuti alla volta. Per tutto il tempo, tutto ciò a cui riuscivo a pensare, tutto ciò che riuscivo a vedere, era il tuo volto; tutto ciò che sentivo erano le tue parole quando sei entrato in quella stanza per gli interrogatori."

Alabama azzardò un'occhiata all'uomo che le aveva fatto tanto male. Questi sembrava in preda all'angoscia. Si affrettò a proseguire; voleva tirar fuori tutto. "Mentre ero là dentro, non ho mai fatto la doccia, perché avevo paura di spogliarmi. Quando Bob mi ha gridato contro, dandomi della criminale, non sapevo come reagire. Non sono riuscita a far altro che afferrare qualche cosa e andarmene. Tu mi hai fatto del male, Christopher. No, mi hai devastata."

Alabama proseguì rapidamente, prima che Christopher potesse dire qualunque cosa. "Ero pronta ad andarmene. Volevo allontanarmi da qui, dal dolore che provavo." Fece una pausa, poi sollevò lo sguardo e fissò Christopher negli occhi. Rimase sbalordita nel vedere che erano pieni di lacrime. "Ma poi Caroline mi ha posto una semplice domanda e io ho capito che avrei dovuto rivederti. Che avrei dovuto darti un'altra possibilità."

Abe esalò il fiato che aveva trattenuto. Non aveva

mai sofferto tanto quanto negli ultimi minuti, trascorsi ad ascoltare Alabama che parlava di quello che aveva passato, di quello che *lui* le aveva fatto passare. Gli avevano sparato, lo avevano accoltellato, lo avevano picchiato e gli avevano fatto patire la fame, ma nulla gli aveva fatto male quanto le parole di lei.

"Che domanda ti ha fatto, dolcezza?" chiese a bassa voce, temendo la risposta, ma volendo sentirla comunque.

"Mi ha chiesto come mi sarei sentita se tu fossi andato in missione e non fossi più tornato."

L'aria fra loro crepitava. Nessuno dei due interruppe il contatto di sguardi quando il cameriere portò loro il pranzo e mise i piatti in tavola.

Abe attese che lei proseguisse.

"Allora ho capito che ti amavo ancora. Tu mi hai fatto del male, ma Dio, io ti amo, Christopher."

Abe spinse la sedia lontano dal tavolo e fece un passo verso Alabama. Si inginocchiò sul pavimento e le appoggiò delicatamente le mani sulle ginocchia. Alabama era sconvolta. Non si era aspettata che l'uomo si inginocchiasse sul pavimento. Sentiva il calore delle sue mani filtrare attraverso i jeans e lo assorbì come se fosse una pianta rimasta al buio per mesi.

"Io non ti merito, Alabama. Dio sa che non ti merito, ma ti amo anch'io. Non voglio che tu te ne vada. Voglio corteggiarti." Di fronte al verso che lei emise, a metà fra risata e sbuffo, lui sorrise, quindi tornò serio. "Sì, sembra sciocco, ma voglio dimostrarti che puoi ancora fidarti di me. Voglio dimostrarti quanto sei importante per me. So che i SEAL non sono famosi per avere relazioni a lungo termine, ma io farò tutto ciò che è in mio potere per assicurarmi che tu venga sempre per prima nella mia vita. Certo, potrei dover partire per una missione all'ultimo momento, ma in caso di necessità, tu verrai per prima. Se necessario, diserterò o dirò al mio comandante di togliermi dall'elenco delle missioni. Tu sei la cosa più importante, dolcezza. Trascorrerò il resto della mia vita a riguadagnare la tua fiducia."

"Non sono mai venuta per prima per nessuno," fu la timida risposta di Alabama.

Abe non se l'era aspettato. Non sapeva cosa si fosse aspettato, ma non quello. Prese una delle mani di Alabama e ne baciò il dorso. Non desiderava altro che prenderla fra le braccia e baciarla profondamente, ma sapeva di non esserselo ancora guadagnato. "Tu sei la persona più importante della mia vita, Alabama."

Si sorrisero a vicenda ed Abe si alzò lentamente. Mantenne la presa sulla mano di Alabama e tornò a sedersi. Pranzarono ed entrambi furono lieti per l'allentarsi della tensione fra di loro.

Dopo pranzo, Abe la portò alla spiaggia, come aveva promesso. Passeggiarono sulla sabbia ridendo delle acrobazie dei gabbiani in costante ricerca di cibo.

Il tragitto di ritorno alla casa di Caroline e Wolf si svolse immerso in un amichevole silenzio. Abe avrebbe voluto prendere Alabama per mano, ma sapeva che era troppo presto. Avrebbe potuto essere strano, sapendo che si amavano e ricordando i momenti trascorsi ad amarsi a vicenda nel letto, sentire la distanza che c'era ora fra di loro, ma Abe era felice per qualunque cosa lei gli avrebbe concesso.

Ora che Abe era certo che Alabama lo amasse ancora, sapeva di avere un'occasione. Avrebbe proceduto lentamente quanto lei aveva bisogno. Tutto ciò che voleva era la fiducia di lei. Un conto era l'amore, ma era la fiducia a rendere solida una relazione.

Si fermò davanti a casa di Wolf e spense il motore dell'auto. Poi, si rivolse a lei. "Grazie, dolcezza. Io non ti merito. So di avertelo già detto, ma lo ripeto. Non ti darò mai più motivo di non aver fiducia in me. Se avrai bisogno di me, io ci sarò. In qualunque circostanza. Non mi importa se qualcuno mi dirà che hai ucciso qualcuno. Non dubiterò mai di te e ti darò sempre la possibilità di spiegarti, qualunque sia la situazione. Non ti volterò mai più le spalle. So che ora non ti fidi di me, ma lo farai. Te lo giuro."

Alabama gli rivolse un sorriso triste. "Lo spero, Christopher. Ho bisogno di te. Ho bisogno della tua fiducia. Non credo che riuscirei a vivere il resto della mia vita senza di te."

"Forza, dolcezza. Adesso devi entrare. Sono sicuro che tu sia stanca."

Raggiunsero la veranda e si fermarono di fronte alla porta. "Mi sembra di essere a un primo appuntamento," cercò di scherzare Alabama.

"In un certo senso, è così." Abe si sporse verso di lei

e la baciò delicatamente sulle labbra. Passò poi al naso e alla fronte prima di fare un passo indietro.

Alabama non ce la faceva più. Sollevò lo sguardo sull'uomo che amava con ogni fibra del suo essere e si avvicinò a lui. Subito, lui la circondò con le braccia e la strinse a sé. Alabama si accoccolò contro il suo corpo, abbracciandolo a sua volta. Rimasero in quella posizione per un paio di minuti; nessuno dei due voleva lasciar andare l'altro.

Alla fine, Alabama si raddrizzò e si staccò. "Ci vediamo?"

Abe le sfiorò la guancia con le nocche. "Ma certo, dolcezza."

"Vai a casa, Christopher. Non serve che dormi in macchina. Va tutto bene. Ci sentiamo domani, d'accordo?"

Abe sorrise. Alabama era tanto carina. "Ci sentiamo domani." Ignorò la sua richiesta. Avrebbe dormito fuori dalla casa di Matthew fino a quando lei non sarebbe stata di nuovo fra le sue braccia e nel suo letto. Le aveva promesso di anteporla a tutto, di prendersi cura di lei, e maledizione, aveva intenzione di farlo.

Alabama si limitò a scuotere la testa. Prese la maniglia e la girò. Dopo aver lanciato un'ultima occhiata a Abe, entrò in casa e svanì alla vista.

Abe trasse un sospiro di sollievo. Aveva avuto una gran paura che lei non lo avrebbe perdonato, che non lo avrebbe più amato. Era grato che Alabama fosse tanto incline al perdono. Non sapeva se, al posto suo, avrebbe fatto la stessa cosa, ma non intendeva guardare in bocca a caval donato.

Voltò la testa verso la sua auto, che era anche il suo letto. Aveva un "corteggiamento" da pianificare. Non vedeva l'ora.

CAPITOLO VENTIDUE

Le settimane seguenti trascorsero molto rapidamente. Christopher aveva mantenuto la parola e aveva fatto del suo meglio per corteggiare Alabama. Era venuto a trovarla almeno due volte a settimana per trascorrere del tempo con lei, Caroline e Matthew, e avevano trascorso quasi tutti i fine settimana insieme. Lui l'aveva persino incoraggiata a trascorrere del tempo con sua madre e le sue sorelle. Il sabato durante il quale erano andati a fare acquisti era stata una delle occasioni più divertenti che Alabama avesse mai vissuto.

La famiglia di Christopher era isterica. Erano inorridite da ciò che le era successo. Alabama apprezzava che non avessero difeso le azioni di Christopher; anzi, lo avevano coperto di insulti. Alicia aveva persino preso il cellulare per chiamarlo e dargli del cretino.

Per fortuna, Alabama era riuscita a calmarla. Avevano parlato durante il pranzo di tutto ciò che era accaduto. Era volata ancora qualche imprecazione, ma c'erano state anche delle lacrime. Alabama non si era resa conto di quanto avesse avuto bisogno di parlare di ciò che era accaduto con qualcuno che non fosse direttamente coinvolto.

Le tre Powers si erano intristite con lei e le avevano dato sostegno. Dopo lo shock iniziale, avevano dato sostegno anche a Christopher. Non avevano detto ad Alabama nulla che lei già non sapesse, ma avevano raccontato delle storie del loro fratello quando era piccolo. Alabama si era fatta un'idea migliore di come egli avesse trasformato se stesso nell'uomo che era ora e di quanto le azioni di suo padre lo avessero influenzato.

Quella sera, Christopher era venuto a trovarla e lui e Alabama avevano avuto un'altra lunga conversazione. Alabama gli aveva raccontato di come aveva reagito la sua famiglia e, pur sussultando una volta sola, Christopher si era limitato a dire: "Sono felice che tu abbia avuto modo di parlare con loro, dolcezza."

Alabama aveva appena ricominciato a lavorare. Non era tornata dagli Wolfe e nessuno dei suoi amici l'aveva biasimata per quello. Greg e Stacey erano venuti a scusarsi e a implorarla di tornare, ma Alabama sapeva che non ci sarebbe riuscita. Loro l'avevano delusa. Avevano creduto ad Adelaide e a Joni invece che a lei, senza fare nessuna domanda.

Il comandante di Christopher le aveva fornito dalle referenze e aveva usato i suoi contatti per farle trovare un lavoro di pulizie in un palazzo di uffici locale che ospitava diverse aziende. La cosa migliore di quel nuovo posto era che non doveva più lavorare la sera. Sebbene preferisse pulire quando non c'erano altre persone in giro, nessuno le rivolgeva davvero la parola mentre lei svolgeva i suoi doveri.

Si era sentita in imbarazzo nel dirlo a Christopher – dopotutto, era solo una donna delle pulizie – ma quando lui aveva saputo, si era entusiasmato per lei. Le aveva detto che non c'era nulla di vergognoso in quello che faceva per vivere. Alabama era ancora un po' imbarazzata – in fondo, l'uomo aveva un lavoro straordinario e lei no – ma aveva cambiato argomento quando lui aveva cercato di farla parlare ancora di lavoro.

La vita di Alabama si stava assestando. Aveva dei buoni amici per la prima volta in vita sua e adorava frequentare Christopher e i suoi commilitoni. Era arrivata al punto in cui era pronta a riprendere da dove si erano interrotti, ma non aveva idea di come arrivarci. D'altronde, non poteva certo dire all'improvviso: "Ehi, sono pronta a venire di nuovo a letto con te."

Abe aspettava fuori dalla casa di Wolf. Aveva fatto molta fatica per convincere Alabama a fidarsi nuovamente di lui. Sembrava che stesse facendo progressi, ma non voleva metterle fretta.

Alabama aprì la porta e a Abe si mozzò il fiato. Dannazione, era così bella. Non indossava nulla di particolarmente sexy. Anzi, lui sapeva che probabilmente sarebbe rimasta in imbarazzo se le avesse detto quanto era figa.

Alabama indossava un paio di pantaloncini che le arrivavano alle ginocchia e la sua solita maglietta a V – rosa, questa volta – e un paio di infradito con un enorme fiore rosa su ciascuna. Anche le unghie dei suoi piedi erano dipinte di rosa acceso. Palesemente, amava quel colore e aveva fatto scorta di accessori durante il giro di acquisti con le sorelle e la madre di Abe.

"Ehi, dolcezza, sei bellissima."

Puntualmente, lei arrossì.

Alabama non disse nulla, ma tenne la porta aperta per invitarlo a entrare in casa. Abe non l'aveva mai sentita parlare tanto quanto nel momento in cui gli aveva spiegato come le sue azioni l'avevano influenzata, quando erano andati a pranzo. Non era mai stata a suo agio a parlare in pubblico o in mezzo a folle numerose, ma Abe sapeva che era sempre più rilassata quando parlava con lui o con altri in sua presenza.

Abe si chinò e la baciò su un angolo della bocca quando si fu avvicinato a sufficienza. Afferrò la porta e la chiuse.

"Dove sono Wolf e Caroline?" Abe sapeva che non erano in casa: in giornata, al lavoro, Wolf glielo aveva anticipato.

"Sono usciti a cena; poi andranno al cinema."

Abe le appoggiò una mano in fondo alla schiena e la guidò verso la cucina. "Per cui siamo solo noi due questa sera, eh?"

Alabama arrossì di nuovo. Cristo, doveva piantarla. Christopher non aveva certo annunciato di aver intenzione di buttarla sul divano e fare l'amore con lei per tutta la notte... non che Alabama si sarebbe lamentata, in tal caso. Avevano già esplorato e assaporato ogni centimetro dei loro corpi; non avrebbe dovuto essere imbarazzante pensare di fare l'amore con lui. Alabama si limitò ad annuire, affermando che sarebbero rimasti soli per la maggior parte della serata.

Entrato in cucina, Abe vide una pentola d'acqua che bolliva sul fornello. Ridacchiò. "Cosa mi prepari stasera?" Era ormai diventata una battuta ricorrente fra di loro. Alabama non sarebbe mai stata una gran cuoca, ma sapeva preparare una buonissima pasta.

"Solo degli spaghetti."

"Oh, dolcezza, i tuoi non sono mai 'solo' degli spaghetti. Li adoro."

Alabama levò gli occhi al cielo. Lui rise e le circondò la vita con le braccia mentre lei rimescolava gli spaghetti.

"Non lo sai? A me non importa cosa prepari da mangiare. Sono solo felice di trascorrere del tempo con te. Qualunque cosa tu prepari, io la mangerò col sorriso sulle labbra."

Alabama gli sorrise debolmente. Sapeva di non essere una gran cuoca, ma era ancora viva; non sarebbero morti di fame.

Parlarono mentre il sugo gorgogliava sui fornelli e affettavano le verdure per l'insalata. Quando gli spaghetti furono pronti, Abe li scolò mentre Alabama tirava fuori il condimento per l'insalata dal frigo. Si servirono e appoggiarono i piatti sul tavolino della cucina. Consumarono il pasto semplice ma delizioso in un silenzio rilassato.

Dopo aver messo i piatti nella lavastoviglie, si sedettero sul divano. Alabama avrebbe voluto portare Christopher di sotto, nel suo piccolo appartamento, ma non sapeva come sollevare l'argomento, per cui rimase in silenzio.

Abe mise su un film e lo guardarono per circa un'ora. Proprio mentre Bruce Willis era sul punto di far saltare in aria qualcosa, suonarono alla porta. Alabama guardò stupita Christopher.

Capendo che Alabama non aspettava nessuno, Abe le disse: "Stai comoda, dolcezza; vado a vedere chi è."

Abe aprì la porta e vide due poliziotti. Erano leggermente in sovrappeso e avevano le mani sulle cinture, come se fossero pronti a difendersi. Abe non aveva sentito Alabama raggiungerlo alle spalle, ma udì il suo sussulto.

"Oddio," esclamò a bassa voce la donna. "È successo qualcosa a Matthew e Caroline?"

Abe aveva pensato la stessa cosa, ma il poliziotto dei capelli castani si affrettò a rassicurarli.

"No, no, nulla del genere. Lei è Alabama Ford Smith?" L'uomo lanciò un'occhiata sospettosa ad Alabama.

Abe mise la mano attorno alla vita di Alabama e la attirò al suo fianco e parzialmente alle sue spalle mentre lei rispondeva semplicemente e con prudenza: "Sì."

"Deve venire con noi. Abbiamo delle domande da farle alla stazione."

Abe sentì Alabama immobilizzarsi. Avvertì la tensione che le attraversava il corpo. Un corno. "Che succede?" chiese in tono poco gentile.

"È stata denunciata una rapina all'edificio all'incrocio della Main e della Third. Abbiamo saputo che la signora Smith lavora laggiù e che è già stata arrestata per furto in passato. Dobbiamo solo farle qualche domanda."

"Col cazzo." La risposta fu rapida e rinviata minacciosamente.

Alabama sollevò lo sguardo su Christopher. Non riusciva a controllare il respiro. Ansimava affannosamente. Stava succedendo di nuovo. Oddio...

"Voi non sapete quello che state dicendo. Se aveste letto con un po' più di attenzione i rapporti, sapreste che le accuse erano false. Sapreste che lei ha uno degli avvocati migliori che questa città abbia mai conosciuto."

"Senta, vogliamo solo farle qualche domanda." Il più basso dei due agenti di polizia si stava infastidendo visibilmente.

"Non è stata lei."

"Lei non sa nemmeno..."

Abe lo interruppe. "No, perché qualunque cosa voi pensiate che abbia fatto, vi sbagliate. Non è stata lei. Non ha rubato un cazzo."

Alabama tenne lo sguardo fisso sul volto di Christopher. Tremava già abbastanza forte; non riusciva a guardare né gli agenti né le loro uniformi. Avrebbero suscitato troppi ricordi. Ascoltare Christopher che la difendeva da... perdiana, non sapeva da quali accuse la stesse difendendo, ma era come se le avessero avvolto attorno una coperta calda appena uscita dall'asciugatrice. Christopher la stava difendendo. Era incazzato per lei. Quello era ciò che lei si era aspettata tutte quelle settimane prima. *Quello* era l'uomo di cui si era innamorata.

"Volete interrogarla? D'accordo: verremo da voi domani mattina, col suo avvocato. E se si scoprirà che non avete un motivo valido per interrogarla, rimpiangerete di averci disturbati."

"Non possiamo semplicemente..."

Abe non intendeva lasciar loro concludere nemmeno una frase. "Potete e lo farete. Lei è in arresto?" Quando ricevette una risposta negativa, proseguì: "In tal caso, ci vediamo alla stazione di polizia domani mattina."

Abe sbatté la porta in faccia al poliziotto e fece voltare Alabama contro di sé. La strinse fino a quando non furono ventre contro ventre. La sentiva tremare. Ciò lo rendeva furioso. Come osavano i poliziotti venire e spaventarla. Come *osavano* dare per scontato che lei avesse qualcosa a che vedere con qualunque cosa fosse scomparsa. Abe era incazzato, ma cercò di mantenere la calma. Aveva bisogno di farlo per Alabama.

Il tepore del corpo di Christopher era bellissimo. L'uomo l'aveva circondata con le braccia − un braccio attorno alla vita per stringerla a sé e l'altro sulla schiena.

Le mise la mano sulla nuca, premendola contro il suo petto. Senza muoversi, lei borbottò: "Ma si può fare?"

"Sì. E io l'ho appena fatto. Non avevano nessuna prova. Non c'era motivo di venire qui così tardi. Volevano solo spaventarti. Che stronzi."

Rimasero lì ancora per qualche istante, poi Abe parlò a denti stretti. Non era nemmeno lontanamente calmo. "Devo chiamare Wolf e il resto della squadra, dolcezza. Lasciami dire loro quello che sta succedendo; ci penseranno loro. Diranno al tuo avvocato di incontrarci alla stazione di polizia domani."

"Non hai lasciato che mi portassero via."

"Cosa, dolcezza? Non ho sentito." Abe abbassò la testa fino a quando il suo orecchio fu vicino alla bocca di Alabama.

"Non hai lasciato che mi portassero via," ripeté Alabama.

Abe prese la mano che era stata sulla testa di Alabama e gliela mise sotto il mento. Le sollevò la testa fino a quando lei non ebbe altra scelta che guardarlo negli occhi. "Ti avevo detto che non avrei mai più dubitato di te. Ti amo. Ti proteggerò a costo della vita, se necessario. Non dovrai *mai* più affrontare qualcosa da sola."

Alabama ebbe un singulto. Christopher glielo aveva già detto, ma lei non ci aveva creduto fino a quel momento. Tutto ciò che le riuscì di fare fu annuire. Si alzò in punta di piedi per sfiorare le labbra dell'uomo con le proprie.

Al primo contatto con le labbra di Alabama, Abe calò in picchiata. Il bacio non fu dolce, non fu gentile. Fu tranquillizzante. Abe rivendicò di nuovo la sua donna. Lei gli apparteneva e lui non intendeva rinunciare.

Alabama lasciò che Christopher assumesse il comando; lo avrebbe seguito ovunque lui volesse portarla. Era sua.

———

Alabama si accoccolò contro il fianco di Christopher. Era stata una serata lunga. L'uomo non l'aveva lasciata andare per tutta la sera. Se l'era tenuta vicina, toccandola, tranquillizzandola, calmandola. Dopo il bacio intenso che avevano condiviso, lui aveva chiamato Matthew. L'altro uomo e Caroline erano corsi a casa e avevano stabilito una sorta di posto di comando sul tavolo della cucina.

Presto, la casa era stata invasa dal testosterone. L'intera squadra aveva fatto quadrato. Era la dimostrazione di supporto più incredibile a cui Alabama avesse mai assistito. Personalmente, la trovava un po' un'esagerazione, considerato soprattutto che lei aveva trascorso la giornata con Matthew e Caroline e non era mai stata sola in tutta la giornata, per cui aveva un discreto alibi; ma non aveva detto nulla agli uomini impegnati a discutere il da farsi.

Christopher aveva chiamato l'avvocato di Alabama e

questa aveva accettato di incontrarli alla stazione il mattino dopo. Avrebbe chiamato per informarsi su ciò che era accaduto prima del loro incontro, in modo da sapere in anticipo cosa stesse succedendo.

Ciascuno degli uomini aveva detto a Alabama che lei aveva il loro sostegno prima di andarsene. Quando Hunter l'aveva abbracciata con forza e le aveva detto che, se mai lei avesse voluto lasciare Abe, lui sarebbe stato pronto a prendersela, Alabama aveva finalmente perso la testa.

Alla vista delle sue lacrime, Abe era quasi impazzito. Solo quando si era reso conto che Alabama stava piangendo lacrime di gioia per tutto il sostegno che aveva ricevuto si era finalmente calmato.

Ora erano sdraiati sul letto di Alabama, nel seminterrato. Abe indossava dei jeans e la camicia e lei si era messa la sua maglietta, con cui aveva dormito nelle ultime settimane. L'uomo non aveva detto una parola al riguardo; si era limitato a sorridere con fare possessivo quando l'aveva vista. Christopher era sdraiato supino col braccio attorno ad Alabama e lei era al suo fianco. Aveva la testa appoggiata sul petto dell'uomo e una gamba buttata sopra una di quelle di lui. Era circondata da lui ed era felicissimo.

"Ti amo."

Il braccio di Christopher si contrasse attorno a lei. Alabama sentiva i muscoli del bicipite guizzare contro la schiena. Era la prima volta che lo diceva ad alta voce dal giorno in cui era stata arrestata.

"Dolcezza." La voce dell'uomo era tormentata. "Io non ti merito. Sei troppo buona per me, ma non ce la faccio a rinunciare a te. Non voglio farlo."

"Non sei costretto a farlo, Christopher. Sono tua e lo sarò finché mi vorrai."

L'uomo rotolò verso di lei fino a quando Alabama non fu supina a guardarlo negli occhi. Il suo sguardo era intenso. "Io ti vorrò sempre. Tu sei mia."

Christopher abbassò la testa e, per la seconda volta quella sera, la baciò con tutto il predominio che aveva trattenuto nelle ultime settimane.

Alabama gli portò le mani alla testa e gli serrò le dita fra i capelli mentre lui saccheggiava la sua bocca. Alla fine, l'uomo si staccò, quanto bastava per guardarla negli occhi.

"Non preoccuparti per domani, dolcezza. Fidati di me: penserò io a tutto, a te."

Alabama non riusciva a credere che si fosse fermato. Era pronta perché lui facesse di nuovo l'amore con lei. "So che lo farai... Ora sta' zitto e baciami."

Le piacque moltissimo vedere un sorriso allargarsi sul volto dell'uomo.

"Qualunque cosa tu voglia. Qualunque cosa."

Caroline e Alabama erano sedute sul divano e stavano cercando di prestare attenzione al film. Nessuna delle due ci stava riuscendo molto bene. Alla fine, Caroline spense la televisione.

"Quand'è che dovevano atterrare?" Alabama era più che pronta a rivedere Christopher.

La squadra era stata chiamata a svolgere una missione in Messico. Non avevano potuto dir loro esattamente dove stavano andando o cosa stavano facendo, ma Caroline e Alabama sapevano che, di qualunque cosa si trattasse, era pericolosa.

Il pensiero delle missioni si era fatto sempre più leggero per Alabama, ma lei sapeva che non sarebbe mai stato *facile*. Tutte le volte che Christopher usciva da casa, che fosse per una missione o per un semplice salto al negozio di generi alimentari, lei si preoccupava.

Christopher le aveva dato un sostegno incrollabile.

Aveva risolto "l'equivoco" la sera in cui si erano rimessi assieme. Gli agenti di polizia si erano addirittura scusati per averla disturbata. Alabama sapeva che c'era dietro Christopher, ma lui non lo avrebbe mai ammesso.

Aveva lasciato il lavoro di donna delle pulizie, dietro incoraggiamento e col sostegno di Christopher, e aveva deciso di riprendere gli studi. Non sapeva cosa volesse fare, ma per il momento stava seguendo dei corsi di educazione generale. Avrebbe avuto il tempo di decidere più tardi. Avrebbe preferito lavorare, ma Christopher l'aveva convinta, dopo una lunga serata trascorsa a letto, che avrebbe fatto meglio a concentrarsi solo sui suoi studi.

Aveva stretto legami con gli amici e i commilitoni di Christopher e si preoccupava per loro quasi quanto per lui. Quasi.

Caroline guardò Alabama camminare avanti e indietro. Sentiva la mancanza di Matthew quanto Alabama sentiva quella di Christopher, ma era con lui da più tempo, per cui aveva più esperienza dell'agonia che era l'attesa del ritorno da una missione.

"Ritorneranno il prima possibile, Alabama."

"Lo so, ma lui mi manca."

Alla fine, dopo un'altra ora di attesa, le donne udirono un furgone nel viale. Entrambe corsero alla porta e uscirono in cortile.

Alabama aveva occhi solo per Christopher. L'uomo le venne incontro di fronte al furgone e la strinse in un abbraccio forte e possessivo. Come al solito, lei scoppiò a piangere.

"Cristo, dolcezza. Sto bene. Wolf sta bene. Stanno tutti bene."

"Lo so," disse Alabama tra un singhiozzo e l'altro, "ma sono tanto felice che tu sia a casa. Mi sei mancato!"

Christopher la sollevò da terra e la portò verso la porta. Tutte le volte che tornavano da una missione, Matthew li invitava a stare nella vecchia camera da letto di Alabama nel seminterrato. Loro avevano sempre accettato, perché guidare fino a casa sembrava sempre troppo lungo.

"Anche tu mi sei mancata, dolcezza."

Alabama inalò il profumo di Christopher mentre lui la portava in casa. Non si curò di guardare Caroline e Matthew; sapeva che stavano facendo la stessa cosa.

Mentre Christopher la portava lungo le scale del seminterrato si affrettò a chiedere, sapendo che, se non lo avesse fatto, sarebbe stato troppo occupata per farlo nelle ore a venire: "Stanno tutti bene?"

Abe adorava che Alabama fosse sempre preoccupata per i suoi compagni di squadra. Gli altri erano come fratelli per lui e il fatto che Alabama gli facesse sempre quella domanda dimostrava quanto lei fosse dolce. "Sì, stanno tutti bene. Abbiamo salvato le ragazze; se la caveranno."

"Ragazze?"

"Beh, donne. Non dovrei parlarne, ma in sostanza, c'era una donna che è stata rapita qualche giorno fa. Noi l'abbiamo trovata facilmente, ma ce n'era un'altra con lei... Era lì da un paio di mesi. Cookie è rimasto in Texas con Benny e Dude per aiutarla... ad acclimatarsi."

"Dio, ti amo, Christopher. Lo sai, vero?"

"Lo so. E ti amo altrettanto."

"Sono orgoglioso di quello che fai. Quelle donne sono davvero fortunate che tu e la tua squadra facciate quello che fate."

"Sono missioni come quella che rendono il nostro lavoro più leggero. È stata dura, ma è sempre bello salvare delle persone." Abe smise di parlare. Era palese che Alabama non voleva più sentir parlare della sua missione. Gli stava slacciando la camicia e stava baciando ogni centimetro del suo petto mentre lo spogliava. Sorrise fra sé; le avrebbe permesso di divertirsi per un po', perché sapeva che presto sarebbe venuto il suo turno.

Avrebbe contattato Cookie e verificato le condizioni della donna... più tardi. Molto più tardi.

*

Libro 3, Proteggere Fiona, in arrivo!

NOTE

CAPITOLO DUE

1. Usanza statunitense secondo la quale tutti i partecipanti all'evento portano qualcosa da mangiare (ndt).

CAPITOLO CINQUE

1. Una specie di caffelatte aromatizzato alla vaniglia (ndt).

CAPITOLO OTTO

1. Sigla di "Post-Traumatic Stress Disorder", o sindrome da stress post-traumatico (ndt).

CAPITOLO NOVE

1. Il 911 è l'equivalente statunitense del 112 (ndt).

Delta Team Two Series

Shielding Gillian
Shielding Kinley (Aug 2020)
Shielding Aspen (Oct 2020)
Shielding Riley (Jan 2021)
Shielding Devyn (May 2021)
Shielding Ember (Sep 2021)
Shielding Sierra (TBA)

Badge of Honor: Texas Heroes Series

Justice for Mackenzie
Justice for Mickie
Justice for Corrie
Justice for Laine (novella)
Shelter for Elizabeth
Justice for Boone
Shelter for Adeline
Shelter for Sophie
Justice for Erin
Justice for Milena
Shelter for Blythe
Justice for Hope
Shelter for Quinn
Shelter for Koren
Shelter for Penelope

SEAL of Protection: Legacy Series

Securing Caite
Securing Brenae (novella)

Securing Sidney
Securing Piper
Securing Zoey
Securing Avery
Securing Kalee (Sept 2020)
Securing Jane (novella) (Feb 2021)

SEAL Team Hawaii Series

Finding Elodie (Apr 2021)
Finding Lexie (Aug 2021)
Finding Kenna (Oct 2021)
Finding Monica (TBA)
Finding Carly (TBA)
Finding Ashlyn (TBA)

Ace Security Series

Claiming Grace
Claiming Alexis
Claiming Bailey
Claiming Felicity
Claiming Sarah

Mountain Mercenaries Series

Defending Allye
Defending Chloe
Defending Morgan
Defending Harlow
Defending Everly
Defending Zara

Defending Raven (June 2020)

Silverstone Series

Trusting Skylar (Dec 2020)
Trusting Taylor (Mar 2021)
Trusting Molly (July 2021)
Trusting Cassidy (Dec 2021)

Silverstone Series

Trusting Skylar (Dec 2020)
Trusting Taylor (TBA)
Trusting Molly (TBA)
Trusting Cassidy (TBA)

SEAL of Protection Series

Protecting Caroline
Protecting Alabama
Protecting Fiona
Marrying Caroline (novella)
Protecting Summer
Protecting Cheyenne
Protecting Jessyka
Protecting Julie (novella)
Protecting Melody
Protecting the Future
Protecting Kiera (novella)
Protecting Alabama's Kids (novella)
Protecting Dakota

BIOGRAFIA

L'autrice best seller del *New York Times, USA Today,* e *Wall Street Journal,* Susan Stoker ha un cuore grande come lo stato del Texas, dove vive, ma questa tipica ragazza americana ha trascorso gli ultimi quattordici anni vivendo nel Missouri, in California, in Colorado, e nell'Indiana. È sposata con un ex militare dell'esercito, che ora la segue in tutto il Paese.

Ha debuttato con la sua prima serie nel 2014, seguita dalla serie SEAL of Protection, che ha consolidato il suo amore per la scrittura, e la creazione di storie in cui i lettori possono perdersi.

Se ti è piaciuto questo libro, o qualsiasi libro, per favore considera di lasciare una recensione. Gli autori lo apprezzano più di quanto tu possa immaginare.

www.stokeraces.com

susan@stokeraces.com

www.ingramcontent.com/pod-product-compliance
Lightning Source LLC
Chambersburg PA
CBHW060250100726

47907CB00003B/829